独裁者たちの最期の日々　上

LES DERNIERS JOURS DES DICTATEURS

ディアンヌ・デュクレ／エマニュエル・エシュト 編
Diane Ducret Emmanuel Hecht
清水珠代 訳
Tamayo Shimizu

原書房

独裁者たちの最期の日々◆上

独裁者たちの最期の日々◆下・目次

まえがき

弔いの鐘が鳴るとき

本書は現代に生きるわたしたちの関心にこたえてくれる。いまなお人類は、多くの常軌を逸した政治体制に支配されているらしい。世界の現状を見わたすと、こうした政権が減少しつつあるとはとてもいいがたい。北朝鮮では金家の三代目が、先行き不透明な政権をかろうじて維持している。ミャンマーではアウン・サン・スー・チーの不屈の闘志にもかかわらず、軍事政権が強権的支配を続けている。＊いうまでもなくアラブ世界も目を離せない地域であり、独裁政権の崩壊は無数の人々の犠牲をともなうだけでなく、その先の道のりは平坦ではない。将来性豊かなアフリカ大陸でも、依然として多くの国で強固な独裁体制が敷かれている。さらに忘れてはならないのは、暴政とまではいかないにせよ、強制力によって国民を自由から遠ざけている専制的政権である。

今回はじめての試みとして、歴史の専門家とジャーナリストがそれぞれ筆をとり、歴史の大筋に今日的視点を織りこんで真実を伝えた。過去を知ることは現在を理解するための大きな助けになることをそれぞれの書き手が信じ、熱意をもってこの企画に挑んだ。歴史家は、紋切り型の表現を避け、大物の失脚をおおい隠す架空の物語ではなく、そのみじめで生々しい姿をありのままに描いた。また、全体主義は完璧に固められた基盤の上に成り立つが、システムがいかに盤石に見えようと、状況や利害の変化次第でその基盤がゆらぐこともある、ということをジャーナリストは解き明かしてくれる。この二重のアプローチによって、本書は生き生きとわかりやすく独自の観点で書かれている。歴史的現象として、暴君の死は深い分析が必要となる出来事である。いまなお関心をよぶ要素として、暴君の死はあらゆる個人の記憶に残り、一つの世代がどの時代に属するかを決める境界線になる。

本書に登場する多彩な独裁者の姿をあらためて知ると、独裁者が最期を迎えるとき、そのおごり高ぶりがきわめてはっきり表れるように思われる。そのあやうい状態が世界の関心をよび、抑圧された国民は固唾をのみ、暴君の病状報告に一喜一憂し、せっぱつまった側近が政権崩壊を早めたり後継者を早々とすえたりするならまだいい方だ。最悪のシナリオの場合、何度もくりかえされてきたことだが、最後の日々に政権は冷酷さをきわめる。個人崇拝が血の犠牲を生み、拷問する者は狂信者となり、反徒が略奪に走り、治世は恐怖のうちに幕を閉じる。暴君の死や追放に、和やかな解放や自発的な復興がともなうことはかなりまれである。

第二の段階、えてして混乱のなかの過渡期が終わると、紆余曲折をへた権力機構はようやく見たところ安定する。独裁者は深いトラウマを残していくというのは確かだ。個人と同じような反応が民族にも起きる。自己愛的倒錯者の犠牲になった人々は、いつまでも服従を強制された後遺症が残る。恐怖政治を耐えぬいた後、精神的回復力を働かせるにはさまざまな条件がそろわねばならない。独裁体制は暴君が他界あるいは逃亡した瞬間、終わるわけではない。泥沼の崩壊のすえに民主的再建の余地を残せるのは、ごくわずかな腰くだけの元首くらいなものだ。いずれにせよ、嫌われ者の死は、異国への亡命と同じく大きな安堵をあたえ、希望の一ページを開く。

恐怖の対象だった独裁者の死は、どのような状況であれ広く影響をおよぼす事件である。それぞれの国民の心の奥に独裁体制の記憶がきざまれ、不安は決して消えることはない。古くからの民主主義国家でさえ、自由を求めて闘わねばならなかった困難な時代の記憶をいまもひきずっているのだ。だからこそ、いかなる風土で圧政が敷かれたにせよ、暴君の失脚によって真に人間らしい要求と自発的な連帯が生まれる。

これは第一の朗報である。わたしたちは憎むべき政権が崩壊し、若者が町を闊歩し、活力が希望につながる幸福な光景を見て喜ぶ。民主主義は普遍的な夢なのだ。つかのまであろうと解放された感覚を味わうためなのか、むごいしわざが人目にさらされたり、追放された独裁者一味のおぞましい妄想が暴露されたりする。転落した支配者の強迫観念、時計のコレクション、一度も履いたことのない無数の靴や、妻のワードローブ、数々のダイヤモンドのネックレスが、絶対権力の低俗性、富の蓄積のむなしさを突如としてまざまざと見せつける。所有欲と強欲は自我の肥大化である誇大妄想と切っても切れない関係だ。テレビで公開された画像は、独裁者の日常をいきなり幻影のように映し出した。ベン・アリーが懐に入れた莫大な金は想像を絶する額だ。カダフィの黄金のピストルは老いたるジェームズ・ボンドからの借り物のようだ。フランシスコ・フランコは毎朝かならずひざまずいてスペインのために祈り、乱痴気騒ぎとは無縁だったが、彼が生涯に署名した死刑宣告の数は、一六世紀のフェリペ二世の時代から数えた死刑執行の総数を上まわる。度はずれなことが暴君の印だ。

二番目の朗報は、強迫観念の威力がなくなると、もはや独裁者は何者でもなくなることである。独裁者の弱点についてシャムフォールが端的に述べている。「彼らは権力を掌握していると思っているが、権力が彼らを掌握しているのだ」。独裁者の最期は多くの場合、人間の途方もない凡庸さ、不法さを自覚するがゆえの残酷さ、まともな人間なら無縁な神経症や卑劣さをむき出しにする。人間喜劇の典型である暴君の哀れなキャラクターは、わたしたちをもっとも古い哲学的原理に立ち返らせ、シェークスピアが『マクベス』で見事に描いた人間像を思い出させる。

第三の朗報はさらに苦い後味を残す。冷血漢の処刑に対して人々が感じる不快感から来るものだ。サダム・フセインの粗雑な絞首刑やカダフィのリンチに対し、勝ちほこった気持ちをいだくことは人間としてできない。血で血を洗うような復讐は嫌悪感をよび、全体主義政体があおりつづけた暴力の連鎖につながっていく。

独裁体制から受ける印象をすべて偏りなくあげるとすれば、意外なものもある。不条理のきわみだが、なんともいえず滑稽でおかしなエピソードがつきまとうことがある。体制に巣くう狂気としかいいようがない。実際、独裁者が笑わせてくれることもある。怪物のユーモアは国民を犠牲にして成り立つ特権でもある。イディ・アミン・ダダは意気揚々として輿の上に座り、原住民の粗末な腰巻きと探検帽を身につけたイギリス外交官にかつがれていた。毛沢東やスターリンもよく冗談を言った。人を殺すことに慣れた人間はよく笑う。自分にもエスプリがあると思わせたいのだ。それは病的な笑いだ。

ガブリエル・ガルシア・マルケスはその強烈な描写で、崩壊した政権を壊疽に侵され異様に腫れあがった体にたとえ、その腐敗によって人の吸いこむ空気が汚染されていく、と言い表した。この明快な比喩は独裁者の最期についてのもっとも適切で印象的な一節だった。マルケスは『族長の秋』のなかで、高尚と卑俗の対照に残忍さを混ぜあわせ、あらゆる略奪、殺人、凌辱を途方もない孤独の姿として描いた。ガルシア・マルケスの描く独裁者《カウディーリョ》はグロテスクで残酷で汚れている。自分の年もわからなくなり、「一〇七歳から二三二歳のあいだ」という。彼は南米大陸の歴史をそのまま背負っている。

マルケスのこの作品は質の高い文学的貢献と斬新なアプローチによって、時代を画することになる。スケールの大きい事実の記述と物語性を融合させることによって新しい地平を拓いた。マルケスにならって書かれた作品の豊富さがそれを示している。

二〇世紀の全体主義政体の創始者あるいは継承者として、本書に描かれた独裁者は三世代にわたっている。ヒトラー、スターリン、毛沢東、フランコなど、ほとんどは有名な独裁者だが、トゥルヒーリョ、パパ・ドク、マルコス、ストロエスネルのようにすでに忘れさられたか、あるいは忘れられつつある独裁者もいる。

暴君の死は虚偽あるいは蛮行の最終幕である。それは最後の「富の象徴」、「ステータス・シンボル」、いみ嫌われた独裁者たちが祀られる場所への入場券だ。独裁者の最期はえてして伝説のクライマックスとなる。その不吉なあらましが過去のものだと思ってはならない。

クリスティアン・マカリアン

〈訳注〉

＊二〇一五年一一月の総選挙でアウン・サン・スー・チーが率いる国民民主連盟（ＮＬＤ）が圧勝し、二〇一六年三月にＮＬＤが主導する新政権が成立、スー・チーが実権を掌握した。

1945年4月18日、ベニート・ムッソリーニはミラノに移動し、
さらにコモ湖付近に逃亡しようとした。10日後、ムッソリーニと
その愛人は逮捕され、銃殺された。

1　ドゥーチェの二度目の死

一九四五年四月二八日、ベニート・ムッソリーニは愛人クララ・ペタッチとともに殺された。そのときの状況についてはいまなお謎が残る。しかし、一九四三年夏、ファシズム大評議会によって権力の座から引きずり下ろされた時点で、ドゥーチェ（統帥、ムッソリーニの称号）は一度死んだに等しい。そのとき彼を手にかけたのはよく知った者たちだった。

一九四五年四月二九日午前三時のミラノ。男たちが、ロレート広場に重い荷袋をそそくさと降ろした。イタリアのレジスタンス運動のメンバーである彼らは、ベニート・ムッソリーニ、愛人クララ・ペタッチ、クララのきょうだいマルチェロ、失脚したイタリア社会共和国（サロ共和国）の高官約一五人の硬直した遺体を地面に放り出した。横たわるムッソリーニの忠臣たちの遺体は、社会主義、革命運動、ナショナリズムを源流とするファシズムを死守せんと、最後の方陣を作っているかのようだった。ジャーナリスト兼作家、一九二二年一〇月二八日のローマ進軍時の行動隊員、大衆文化担当相、ファシスト党書記長、不気味な「黒シャツ隊」の創設者だったアレッサンドロ・パヴォリーニ。やはり古参で、一九二一年のイタリア共産党設立の立役者、レーニンの友人だったニコラ・ボンバッチ。ファシストのエリート養成校副校長だったフェルナンド・メッツァソーマ。

レジスタンス活動家たちがロレート広場を選んだのには理由があった。一九四四年八月一〇日、黒シャツ隊の分派であるエットレ・ムーティが、ドイツ軍トラックへの襲撃に対する報復として約一五人の政治犯を銃殺したのがこの広場だったからである。またこのミラノは、二六年前の一九一九年三月二一日、サン＝セポルクロ広場で、ファシスト運動の基盤組織「戦闘者ファッシ」が結成された町でもあった。史上最大の惨禍となった第二次世界大戦が幕を閉じようというとき、最後の場面で死体が登場することになろうとは、ファシズムにとって痛恨のきわみとなる出来事だった。その翌日、ヒトラーは、愛犬ブロンディが毒殺されたのを見とどけた後、ソ連軍の手に落ちる前に地下壕で自殺することになる。

一九四五年四月二九日の早朝、拡声器をつけた何台もの車がミラノの町を縦横に走り、吉報を知らせた。イタリアで「もっとも憎まれている」人間――「もっとも愛された」こともあるが、世間はすぐに忘れるものだ――は、ほんとうに死んだのか？　ミラノの人々は自分の目で確かめようと駆けつけた。好奇心はまたたくまに下劣な本能に変わった。死体を蹴り、唾を吐き、放尿し、性行為めいた仕草をし、蹂躙した。遺体の見張り番だったパルチザンたちは手に負えなくなり、空中に発砲した。放水装備をした消防士たちは、ヒステリックな群衆を遠巻きにしていたが、やがて汚された遺体を洗い流し、金属製の格子屋根に逆さづりにしてさらし者にした。ある者は老婆から安全ピンを借り、クララのはだけたスカートの裾を止め、群衆の目にむき出しでさらされた陰部を隠してやった。一人の司祭が、自分のベルトでクララの脚を服の上からしっかりしめ、わずかながら尊厳をとりもどさせた。一三時三〇分頃、遺体はとりはずされ、ミラノ大学法医学研究所に送られて解剖された。

一九四五年四月二九日、ムッソリーニはたしかに死んだ。二度目の死だ。政治家としての死は一九四三年七月二五日にさかのぼる。ファシズム大評議会でムッソリーニの首相解任動議が可決され、国王の命令で逮捕された日である。国王はムッソリーニの後任にバドリオ元帥を指名した。この年は、一月二三日にイギリスがトリポリを占領し、ムッソリーニにしてみれば暗雲のたちこめるスタートを切った。アフリカに帝国を築くという夢は砕かれた。国内では、高官たちが、連合国と単独講和を結び、自滅的政策をとるドイツと袂を分かつよう、日に日に強く迫っていた。ムッソリーニは内閣を改造し、党の立てなおしをはかったが、批判はおさまるどころか、戦局が厳しくなるにつれますます高まった。七月九日、モントゴメリーとパットンがそれぞれ率いる軍がシチリア島に上陸した。陰謀の噂が広がっており、ムッソリーニの耳にもとどいていたが、彼は意に介さなかった。ファシズム大評議会を招集し、「オウムの間」に入るとき、ムッソリーニは秘書官に、「われわれは罠にはまっている。さあ行くぞ」と耳打ちした。その朝、短気な妻ラケーレは敵を

「一網打尽に」すべきよ、と彼に言った。ムッソリーニは妻の忠告を無視したが、身辺警護を強化してのぞんだのかどうかはわからない。おとなしすぎる通常の儀仗隊ではなく、民兵組織の黒シャツ隊とムッソリーニの警護担当の「特殊部隊」が任にあたった。陰謀の荷担者たちは手榴弾をかかえて、いまにも安全ピンをはずさんばかりのような面もちだ。不穏な空気のなか、ムッソリーニが口火を切った。二時間にわたり、戦績について弁解し、ドイツと同盟を結んだ戦争を正当化し、「負け犬根性の者ども」を告発した。彼の後に演壇に立った者のうち、もっとも舌鋒鋭かったのは議院議長だった。「イタリアのドイツ従属がはじまった日、イタリア国民はあなたに裏切られた。あなたのおかげでわれわれはヒトラーの後をついて行かざるをえなかった。あなたはイギリスとの忠義ある協力体制への道を閉ざし、名誉も国益もイタリア国民の心もふみにじる戦争に深入りし、われわれをないがしろにした」。これほど激しく批判されることもめったになかったが、ムッソリーニが憤りを感じたのは、謀反をくわだてる者のなかに、娘エッダの夫であるチャーノ伯がいたことである。チャーノを外務大臣に任命したのはほかならぬムッソリーニだった。ムッソリーニの首相解任動議は可決された。しかし彼はまだ事の重大さに気づかなかったらしい。その翌日、反逆者たちの逮捕にムッソリーニがふみきろうとしなかったのは不思議である。そうもちかけたのは強硬派の一人、黒シャツ隊の隊長だった。歴史の皮肉か、王が解任を告げた直後、ヴィッラ・サヴォイアを出たところを逮捕されたのはムッソリーニだった。警護を正式に命じられた憲兵隊長が、曇りガラス付きの救急車に乗りこむよう彼に言った。ローマの兵舎、また別の兵舎をへて、ラツィオ州南の島、ポンツァに移送された。「プレダッピオ（ムッソリーニの故郷）の隊長」ムッソリーニは、それから死ぬまでの一年半を拘束されながらひたすら移動することになる。

七月二五日の夜、ラジオは「最強の男」の罷免（イタリア人は「転落」と言った）を伝えた。ローマもミラノも喜びにわきかえった。体制の象徴だったカタジロワシの像やドゥーチェの胸像は破壊された。しかし、イタリア人の多くは大黒柱を失ったような気がしていた。体制の支柱だった者たち、民兵組織、黒シャツ隊、ファシスト幹部らは気力を失っていた。独裁政権は一挙に崩壊したかに見えた。ムッソリーニは癌が疑われるほどひどい胃痛に悩まされながら、失意のなか六〇歳の誕生日を迎えた。彼の願いはただ一つ、故郷のロマーニャ地方のロッカ＝デレ＝カミナーテで静かな余生を送ることだったが、それは許されないだろう。

クララ・ペタッチとの関係をメディアに暴かれたムッソリーニは、やきもちやきのラケーレの怒りをおそれていたが、サルデーニャの北端の島、ラ・マッダレーナに移送された。彼は徹底した無神論者だったが、司祭と話をしたり、ヒトラーからの誕生日祝いのニーチェ全集を読みふけったりして時間をつぶした。三週間後、ムッソリーニはアブルッツォ州に移された。イタリアのグラン・サッソの標高二〇〇〇メートルを超えるところにあるホテルで、険しい道とケーブルカーしかたどり着く手段はなかった。こんな山中の隠れ家なら、だれもムッソリーニを探しに来たりしないだろう、と当局は考えた。たしかにだれひとり来なかった。コマンド作戦のスペシャリスト、武装親衛隊指揮官のオットー・スコルツェニー以外は。一九四三年九月一二日、スコルツェニーは見事な手腕を発揮し、グライダーで鮮やかにアプローチしてムッソリーニを救出した。

ヒトラーのこの助力は打算によるものだった。バドリオ元帥と米英軍のあいだで休戦協定が結ばれたと知るや、ヒトラーは激怒し、約二〇師団を派遣し、オーストリアの国境線からローマにいたるイタリアの北半を占領させた。このためバドリオ率いるイタリア新政府と王家は南のブリンディジへ避難した。イタリアの連合国軍を抑えこむための手段は一つしかないとヒトラーは考えた。北イタリアにドイツの小衛星国を樹立し、ベニート・ムッソリーニを首班にすえるのだ。青白い顔に無精髭を生やし、だぶだぶのコートを猫背にはおり、大きすぎる帽子のかげでうろたえた顔を見せ、ミュンヘン行きの飛行機にひきずりこまれたムッソリーニに、まだ権力への欲望が残っていたのだろうか？ イタリアの歴史家レンゾ・デ・フェリーチェによると、もはやムッソリーニは、ファシズムは滅び、自分の運命も閉ざされたと思いこんでいた。彼が唯一おそれたのは、市場の家畜のごとく連合国軍にさらし者にされることだった。しかしヒトラー相手に交渉は成り立たない。ムッソリーニが新しい傀儡国を率いることを承諾するか、ドイツ軍がミラノ、ジェノヴァ、トリノを次々と破壊するかのどちらかだった。「二者択一」を迫られたこのとき、ムッソリーニは『イタリア文学史』の著者ジョバンニ・パピーニの言葉を思い出すべきだった。「味方とは休戦協定を結んだ敵にすぎない。しかもそれはきちんと守られるとはかぎらない」。とはいえやはり、イタリア社会共和国（ＲＳＩ）は、ガルダ湖畔のガルニャーノに成立した。サロ共和国という名のほうが知られているファシズムの究極の分身《アヴァター》だった。イタリアはまさに二つに分かれ、大戦の恐怖ばかりか、内戦の悲惨さも味わうことになった。

　みずから手をあげる者が見あたらなかったので、古参の忠臣パヴォリーニが子分をよせ集め、コーポラティズム、ナショナリズム、反資本主義を混ぜあわせた計画（ヴェローナ憲章）のもと、組閣した。ムッソリーニがこれほど孤立し、監視されたことはなかった。一歩でも動けば、警備担当のナチ親衛隊の兵士がひたとついてきた。唯一の慰めは、隣町のガルドーネに、ドイツ軍の命令でノヴァーラから釈放されたクララ・ペタッチがいることだった。「どんなことがあっても彼を見すてたりしないわ」、とクララは駆け出し女優だった妹への手紙に書いた。ムッソリーニとクララは極秘裏に再会した。妻ラケーレが目を光らせていたからである。ムッソリーニの場合、家庭の事情も政治もごちゃ混ぜだった。一九四三年冬、彼は娘婿チャーノを犠牲にせねばならなかった。彼自身は娘婿の裏切りを許す気だったが、ファシスト高官やヒトラーはチャーノの首を要求した。ムッソリーニは結局折れた。夫の赦免を請いに来た娘エッダに向かって、ムッソリーニは「（ローマの運命がかかっているときに）ローマ人の父親がわが子を犠牲にすることを一瞬たりともためらったことはない」と言った。一九四四年一月一一日、チャーノは背後から銃殺された。

最期までチャーノは軽妙な伊達男ぶりを見せた。ラケーレは彼のそういうところが大嫌いだったが。エッダはスイスの修道院におもむき、悲しみに耐えた。

いみ嫌ったガルダ湖のほとりで——水面を見ているとなんとも憂鬱な気分になった——ムッソリーニは事態の深刻さを理解した。連合国軍は着々と勝利をおさめ、一九四四年六月四日にローマを解放し、二日後にノルマンディに上陸した。パルチザンは日ごとに兵士や将校を吸収し、着実に勢力を増していた。ヒトラーはイタリア社会共和国に軍隊をしかるべく配備することをとりやめた。ジャーナリストのマッダレーナ・モリエにムッソリーニは打ち明けた。「そう、わたしの運はつきた。なにもかも茶番だと知りながら、必死で働いてきたのだが。あとは悲劇の終わりを待つばかり。不思議に肩の荷が下り、もはやわたしは役者ではなく、最後の観客になってしまった」。なんともきざな言い草だとピエール・ミルザは述べている。ミルザによれば、役者はどこまでも役者であり、状況に応じて役割を変えるものだ。たとえ「身の丈に合わなくなったシーザーの寛衣《トガ》をまとうことになろうとも」

四月一八日、「神がかった男」ムッソリーニはようやくいまわしいガルダ湖畔を離れ、ミラノに向かった。ミラノに着いた彼は、アルプスの山奥でひっそり暮らすか、レジスタンス活動家たちと交渉するか、二つの選択肢を前に迷った。後者ならば無条件降伏しかない。ムッソリーニはすぐに腹をくくった。四月二七日、二〇〇人のドイツ軍兵士とともに、ムッソリーニはSF映画さながらの装甲車に身を隠し、コモ湖へと発った。午前七時頃、反ファシストのフィレンツェ伯ピエル・ベッリーニ・デレ・ステッレ（戦友からは「ペドロ」とよばれていた）から指令を受けた、第五二ガリバルディ旅団のパルチザンたちが行列を制止した。重装備のドイツ軍兵士たちは発砲することもありえたはずだが、不思議なことに命令に従った。長引く戦争に疲れはてたのか、ぶじに帰国したい一心だったのか。六時間にわたる取引の後、次の検問所ドンゴで念入りな検査を受けることを条件に、隊列は続行を許された。執事に変装したナチ親衛隊中尉がムッソリーニに、ドイツ空軍の制服に着替え、サングラスをかけ、小型機関銃を携帯するよう勧めた。だがその変装もむだに終わった。ドンゴはヴァレンヌ逃亡（フランス革命時に国王一家が国外脱出を試み、ヴァレンヌで捕らえられた事件）のムッソリーニ版となった。正体を見破られたムッソリーニは拘束され、市庁舎に連行された。連合国軍は、世間がどれほど裁判に注目することかと、この願ってもない戦利品を手中に収めることを願った。パルチザンたちの意見は分かれた。連合国軍の意向に従おうとする者もいたが、大方のメンバーは処刑を強く主張した。一九四五年四月二七日から二八日にかけての夜、左派三政党出身の六人（あるいは七人）のパルチザンがムッソリーニの死刑執行を決議した。このなかには、のちにイタリア共産党書記長となったルイジ・ロンゴや、イタリア共和国大統領となった社会主義者サンドロ・ペルティーニがいた。死刑執行人はワルター・アウディジオ、別名ヴァレリオという名だった。そのあいだ、第五二旅団長はこうした決定をいっさい知らぬまま、にわか仕立ての「人民裁判所」の手に落ちることを懸念しながら、クララと合流したムッソリーニを隠れ家から隠れ家へと移動させた。ムッソリーニの最後の隠れ場所は、ジュリーノ・ディ・メッツェーグラという集落の、信頼のおける農夫が所有する人里はなれた農家だった。四月二八日の昼近く、ヴァレリオは、強硬に死刑執行に反対するドンゴの新知事や第五二旅団長と激しく言い争った後、ムッソリーニとクララのところにたどり着いた。その後の経過については諸説入りまじる。公式ヴァージョンを長く語りつづけたヴァレリオによれば、ムッソリーニとクララは隣の屋敷の前に連行され、殺されたという。一九九三年、ヴァレリオ連隊長なる人物は、ほんとうは会計係ワルター・アウディジオなどではなく、ルイジ・ロンゴその人だったという、センセーショナルな説が出てきた。もっと奇想天外な別のヴァージョンによると、イギリス首相ウィンストン・チャーチルの命で危険文書の押収を担当する、諜報機関のまわし者たちが二人を殺したという。チャーチルはムッソリーニに、ソ連に対抗すべく同盟をもちかけたことがあった。この説は推理小説家によるものではなく、イタリアのファシズム史の大家、レンゾ・デ・フェリーチェが唱えているものだけに傾聴に値するが、なんとも残念なことに、確たる証拠を提示しないまま彼は亡くなった。まだほかにもこの件にかんするさまざまな説、とくにイタリアでは多くの著作が存在するが、ピエール・ミルザも本を一冊書いている。

ただ確かなのは、ベニート・ムッソリーニとクララ・ペタッチの遺体が二時間も雨に打たれていたことだ。その後二人はドンゴまで車で運ばれ、さらにほかのファシスト高官の亡骸とともにトラックに積み替えられた。四月二九日日曜一時三〇分頃、隊列はミラノに向けて出発した。

エマニュエル・エシュト

〈参考文献〉
Renzo De Felice, *Brève histoire du fascisme*, Paris, Seuil, «Points», 2009.
Anfuso Filippo, *Du palais de Venise au lac de Garde*, Paris, Calmann-Lévy, 1949.
Emilio Gentile, *Qu'est-ce que le fascisme?*, Paris, Gallimard, «Folio», 2004.
Pierre Milza, *Mussolini*, Paris, Fayard, 1999.
Pierre Milza, *Les Derniers Jours de Mussolini*, Paris, Fayard, 2010.

映画

国立視聴覚研究所はサイト（ina.fr）でムッソリーニの最期についてのニュース映画をいくつか紹介している。

破壊されたベルリンの総統官邸に立つアドルフ・ヒトラーと副官ユリウス・シャウブ。数日後の1945年4月30日、ヒトラーは自殺した。

2　ヒトラーの自殺

最後まで残った側近たちとともに地下壕のなかで孤立したヒトラーは、ソ連軍の手に落ちるよりはみずから命を絶つことを選んだ。そばには、何年ものあいだ、影のようによりそってきた女がいた。万一にそなえて、結婚したばかりの。

オリヴァー・ヒルシュビーゲル監督の名画「転落」は、一九四五年四月二〇日、帝国総統官邸、というよりその残骸のなかで、ヒトラーの誕生日を祝う場面ではじまる。その四日前にベルリンの戦いがはじまっていたが、ここであえて誕生日祝いをすることに象徴的意味があった。第三帝国はじまって以来、この祝賀会はナチの年中行事のなかでももっとも重要だったからである。この日の落ちぶれた雰囲気にまったくそぐわないにぎやかさで、祝賀会は行なわれた。ヒトラーに祝いの言葉を述べた後、何人かの政府高官たちはいとま乞いをした。彼らはそれぞれ異なる下心をいだいて別天地を求め、ベルリンを離れる準備を整えていた。ゲーリングはアルプスの拠点防衛を指揮するため、南へ向かおうとしていたが、内心では、もしヒトラーがもはやドイツの命運をつかさどれなくなるか、あるいは死ぬかすれば、すかさず後継者となるつもりだった。ヒムラーは、戦争を終わらせ、ドイツでみずから権力をにぎるために、ヨーロッパ連合国軍と接触する覚悟を固めていた。中尉たちはベルリンを離れるよう再三迫ったが、まだその余裕があるにもかかわらずヒトラーは首を縦にふらなかった。四月二〇日の夜、ヒトラーは秘書官たちに言った。「このベルリンを決戦の地とするか、死ぬかしかない」

数か月前から戦局は厳しさを増す一方だった。ソ連軍の進攻を前に、一一月初頭、ヒトラーは東部戦線の総統大本営である「狼の砦」ヴォルフスシャンツェを離れた。まずタウヌス山地に入り、アルデンヌ地方で戦車部隊によって攻勢に出る準備をした。この最後の奇襲が失敗に終わるや、ヒトラーはベルリンに戻り、総統官邸の地下に作らせた掩蔽壕に司令部を置いた。東西戦線の戦況は悪化するばかりだった。東では、一月一二日にソ連軍が猛攻をかけ、三週間後にオーデル川まで到達した。西では、三月七日に米英軍がレマーゲンからライン川を越え、ドイツの奥深くに進攻した。アメリカ軍はエルベ川にたどり着いた。南では、アメリカ軍はミュンヘンに迫り、さらに東でソ連軍がウィーンを占領した。ヒトラーの支配下の領土は縮小する一方だった。ヒトラーはなおのこと自分の姿をフリードリヒ二世に重ねあわせた。いまの自分のように、フリードリヒ二世も、七年戦争のときにプロイセン王国のごく一部しか支配できなくなり、はさみ撃ちにあいながらも、戦線離脱をこばんだ。もはやこれまでと思われたとき、「ブランデンブルクの奇跡」が起こった。女帝エリザヴェータが亡くなり、その後継者ピョートル三世が自国軍に、プロイセンとの戦闘を中止させたのである。二〇〇年後のいま、同じ奇跡が起きてくれたら！　ヤルタから憔悴しきって帰国したルーズヴェルトは四月一二日に亡くなった。ユダヤ人のあやつり人形としか思えなかったこの宿敵の死を、ヒトラーは喜んだ。そればかりか、新しいアメリカ大統領トルーマンはルーズヴェルトの政策を打ち切り、「アジアのやっかい者」に矛先を向けるだろうとふんだ。それがまた、とんでもない計算違いだった！　トルーマンはロシアのピョートル三世ではなかったし、冷戦の時代はまだ来ていなかった。

ヒトラーは地下一〇メートル以上の場所に引きこもった。これはおおげさではなく、彼はこの最後の数週間、日中に地上に出ることはほとんどなかった。彼が最後に姿を見せたのは、誕生祝賀会のときだった。その後、総統官邸の庭で、ベルリンの戦いに投入され、ソ連軍に勇敢に立ち向かったヒトラーユーゲントの少年たちに褒章をあたえた。地下壕の奥でも、ヒトラーは外の世界の情報を受けとっていた。しかし心は離れたも同然だった。じつはその前からすでにヒトラーはうわのそらになることがよくあった。独ソ戦がはじまると、ヒトラーは東部戦線の大本営に身を置いて、ベルリンにはあまり現れなくなった。一部の側近がドイツ国民との絆を失うのではないかと心配したほどだった。懸念はそれだけではなかった。現実世界から遊離して徐々に空想の世界に入る傾向が目立つようになった。ヒトラーの周囲で世界が崩壊しつつあるいま、なおさらこの危険な癖は目についた。

地下壕は広大な複合施設で、相互に行き来できるいくつかの区画に分かれていた。ヒトラーの地下壕は約二〇部屋もあり、中心に位置していた。待合室やラウンジとしても使われる廊下はヒトラーの住まいにつながっていた。ヒトラーの住まいは二部屋で、平凡な家具の置かれた、簡素そのものの執務室から入るようになっていた。アントン・グラフの描いたフリードリヒ二世の肖像画が机の上方に掲げられ、部屋のもう一方にはソファと椅子三脚があった。執務室の隣にあるヒトラーの寝室には廊下からは入れなかった。執務室はエヴァ・ブラウンの部屋にも隣接していた。エヴァは愛するヒトラーと運命をともにする覚悟でこの部屋を手に入れたのだった。会議室は地下壕のもう一つの重要な場所だった。たった一四平米の部屋に、およそ二〇名が一日に何度かテーブルに集まって地図を広げ、攻囲戦の進捗状況に眉を曇らせ、できもしない反撃を想定したりした。ゲッベルスとその妻マグダはそれぞれ寝室を一つずつあてがわれた。夫婦はまだここに住み着いてはいなかったが、総統との非常に近い関係——ほかのナチ高官とは別格である——は、宣伝相ゲッベルスがヒトラーにとってどれほど重要な存在であったかを示していた。ゲッベルスは地下のこの雰囲気を耐えがたく感じたが、そんなことにかかずらってはいられなかった。天井は低く、裸電球は狭苦しい空間とあいまって幽霊屋敷のようだった。息のつまりそうな雰囲気はそこに住む者たちの気をめいらせた。

地下壕のなかで、ヒトラーは体力を失い疲労困憊、もはや形骸にすぎなかった。没落しはじめてからかなりの年月がたち、それにともなって健康状態も悪化した。一九四四年七月二〇日の襲撃(1)（ヒトラー暗殺未遂事件）直後に最後の面談をした際、フランツ・フォン・パーペンはヒトラーの憔悴ぶりに驚いた。「廃人」に会ったような気がしたとパーペンは回想録に書いている。かなり前から、ヒトラーは左腕の震えを隠すことができなくなっていた。肩を落として歩くのも日に日につらくなった。地下壕にいた将校の一人は、尾羽うち枯らしたヒトラーの姿について語っている。

「彼の姿を見るとぞっとした。前かがみで脚をひきずりながら、地下壕の自分の居室から会議室へ、重い足どりでやっとこさ歩くのだ。平衡感覚も失っていた。二、三〇メートルほどの短い距離でも、途中でよびとめられたら、壁ぎわのベンチに座るか、相手につかまるかしなければならなかった。目は血走っていた。ヒトラー宛てにくる書類はすべて、文字がふつうの三倍の大きさの特注タイプライターで打たれてくるのに、彼はそれすら、ひどく度の強い眼鏡なしでは読めなかった」

総統官邸の庭を少し歩きたいと何度か思うことはあっても、ヒトラーには階段を上る体力がなかった。途中で足が止まってしまうのだ。彼は仕方なく、いつも心をなぐさめてくれる犬のブロンディの相手をした。

体力のおとろえとあいまって、ヒトラーの精神状態はひどく悪化した。落ちこんでいるかと思えば興奮状態になった。もはや状況の展開になんの影響力もおよぼせなくなったヒトラーは、怒りっぽくなった。ヒステリックになり、自制がきかず、力つきてくずおれた。この頃は、グデーリアン将軍がヒトラーの怒りの犠牲になっていた。グデーリアン将軍は一九四四年七月以降東部戦線を指揮していたが、作戦をめぐってヒトラーと対立した。いまなお信頼できる優秀な将軍の一人だったにもかかわらず、ヒトラーはグデーリアンを突然解任した。

このように常軌を逸した精神状態だったにもかかわらず、ヒトラーは何事もないかのように、ドイツ軍の最高指揮者でありつづけようとした。ゆえにベルリンの戦いを指揮する権限は彼のものだった。地下壕にいた者たちの多くは精神的に打ちのめされていたが、だれもそれをおくびにも出さなかった。彼らが立てた誓いだけでなく、その忠誠心が歯止めをかけていた。疑念をいだいていることを口に出せばどんなことになるかも、彼らはよく知っていた。前線では、ハインリツィ将軍配下の軍集団がベルリン中に配置された。あいかわらず同じ、陣地を死守せよとの厳命がくだされた。しかしソ連とドイツの兵力の差はあまりに大きく、[2]ハインリツィは後退を余儀なくされた。さらに、東からおしよせる難民によってドイツ軍の動きは乱れた。ソ連軍からのがれようと必死の難民たちが道路を埋めつくしていた。ベルリン市街の防衛は、原則的には司令官のライマン将軍が命運をにぎっていた。しかしゲッベルスは納得しなかった。「ベルリン大管区指導者」たる自分に使命があたえられていると信じた。命令とその否定の応酬が何度もくりかえされ、あげくの果てに堪忍袋の緒が切れたゲッベルスはライマンを解任した。

総統地下壕の奥ではヒトラーが、攻略図を前にとんでもない計画を立てていた。その攻略図も彼の空想によるものか、あるいは中途半端なものだった。こうしてソヴィエト軍に側面攻撃をかけよとの命令が親衛隊大将シュタイナーにくだされた。シュタイナーはヒトラーに命を捧げる覚悟だったが、始動するにもまったくの兵力不足だった。四月二二日、ようやく現実に目覚めたヒトラーは激怒した。参謀会議のあいだずっとにぎりしめていた色鉛筆をテーブルに投げつけ、突然怒りたけった。狭苦しい部屋をふらふらと歩きまわり、ドイツ軍と親衛隊をひとくくりにして裏切り者だ腰抜けどもだとののしった。あげくの果てにヒトラーは滂沱と涙を流し、椅子にくずれ落ち、「敗北だ」と言った。その直後によばれたトラウデル・ユンゲは、「(ヒトラーは) 微動だにしなかった。目を閉じたまま、顔にはなんの表情も浮かんでいなかった。彼自身がデスマスクのようだった」と述懐している。ところが場面は思わぬ方向に展開した。ヒトラーが自分の居室に戻ろうとしたとき、エヴァ・ブラウンが彼に飛びつき、「彼の両手をとり、かわいそうな子どもに言い聞かせるかのようにほほえんで言った。『わたしはずっとあなたのそばにいるわ。何があっても離れないから』。ヒトラーの目は輝きをとりもどした。そして彼は、ごく親しい友人や部下ですらだれひとり見たことがなかったこと、つまりエヴァ・ブラウンの唇にキスをしたのである」。この記念すべき日の夕方、ヒトラーはベルリンにとどまる決意を新たにし、何度もこの選択を口にしながら、希望する者は出ていってかまわない、と言った。とはいえヒトラーはおそらく迷いもあったのだろう。しかし、ゲッベルスが彼の傍らで自決することを誓ったとたん、ヒトラーにもはやためらいはなかった。それと同時に、もっともベルリンを脱出するはずのないナチの高官、アルベルト・シュペーア軍需・軍事生産大臣がヒトラーに別れのあいさつに来た。シュペーアは数週間前からヒトラーと袂を分かっており、三月一九日にヒトラーがくだした「焦土作戦」のネロ指令［産業施設の破壊命令］の遂行を懸命に阻止していた。

もはや破滅の一途をたどるだけだった。ベルリンは刻一刻と四方から攻められつづけた。ソ連軍は市街地の周辺まで迫り、中心部に向かって攻め入ろうとしていた。「千年帝国」の首都ベルリンは、阿鼻叫喚の巷と化していた。ソ連軍の砲兵隊は、アメリカとイギリスの爆撃にはじまった戦略を完遂した。ベルリンはもはや瓦礫の山でしかなかった。言語を絶する光景を前に、ヒトラーはシュペーアの訪問を受け、この破壊は戦後の新しいベルリン建設にどうしても必要だったとまで言った。たえまなく続く爆撃、飢えと水不足の苦しみにさいなまれた人々は地下室や地下鉄の通路に避難し、厳しい試練に耐えた。いたるところに死がおしよせていた。変節者あるいは裏切り者とみなされて処刑された者の死体が、にわか作りの絞首台にぶら下がったままになっていた。大量殺戮によって刑務所の囚人も一人残らずいなくなった。

その一方、ナチの組織は次々と崩壊していった。コミュニケーションがとれなくなった結果、指揮系統がたびたび混乱し、ひどいときには断ち切られた。そのうえ将校のなかには、もはや総統地下壕からの命令を意に介さず、西部戦線のアメリカ軍陣地に向かって活路を見出そうとする者も出てきた。そればかりかナチの政府高官たちは、喜劇とも悲劇ともつかぬ、つまらぬ権力闘争をくりひろげ、最後の最後までナチの政治システムの滑稽さをさらけ出した。第一幕は、ベルリンの状況に新たな展開があると聞いた表向きの後継者ゲーリングが、一九四一年六月の「ヒトラーがゲーリングを後継者と定めた」決定を盾にとり、四月二三日午後、もしヒトラーが決定を取り消さなければ、二一時から権力行使をはじめる、と通告した。興奮と憎しみがまたたくまにうずまいた。ゲッベルスと、影響力を着々と強めていたヒトラーの個人秘書ボルマンは、裏切り者ゲーリングを罰するようヒトラーに迫った。ヒトラーは怒りの爆発と意気消沈をくりかえした。「腐りきった麻薬中毒者」だとゲーリングをののしり、ドイツ空軍が崩壊したのもあいつのせいだと激怒した。やがて怒りがおさまると、ヒトラーは観念したように、もうどうでもいい、とぽつりとつぶやいた。結局ゲーリングとその参謀をベルヒテスガーデンで逮捕し、ザルツブルクの親衛隊兵舎へ移送するよう命令がくだされた。

これで幕ぎれではなかった。今度は通信社から別の知らせが入ってきた。「親衛隊全国指導者ハインリヒ・ヒムラーはスウェーデン外交官の仲介で連合国との接触を試みており、『無条件降伏』をも想定している」。このほうがもっと重大だった。ゲーリングは、ヒトラーにもはや行動の自由はないと主張したうえで、さらにヒトラーの了解が得られるまで決定を保留しようとしていた。今回は違う。ヒムラーは独断で行動した。ヒトラーにとってヒムラーがみずからとったこの行動の意味は明白であった。死ぬまで自分に仕えるはずだった男が、背中にナイフをつきつけてきたのだ。ヒトラーは衰弱しきってはいたが、それでもふたたび怒りを爆発させた。その場に居あわせた有名な女性パイロットのハンナ・ライチュは次のように述べている。「彼は気がおかしくなったように支離滅裂なことを言った。顔が真っ赤になり、別人のようだった」。手のとどかぬところにいるヒムラーに直接しっぺ返しをすることができないので、ヒトラーはそばにいた連絡将校に矛先を向けた。親衛隊将校ヘルマン・フェーゲラインは逮捕され、もっともらしい判決がくだされて処刑された。彼がエヴァ・ブラウンの義弟であろうと許されなかった。エヴァがヒトラーに泣きついたところでむだだった。この押しつまったときでさえ、高位の者であろうとヒトラーの怒りの鉄拳からのがれることはできなかった。

いまわの時が近づくにつれ、ヒトラーは人生をふりかえるようになった。過去に犯した過ちを思い起こし、こうして今自分はここにいると思った。イギリスと同盟を結ぶという壮大な構想を実現できなかったことは痛恨事だった。イギリスとドイツが結び、役割を分担すれば世界を支配できたはずだと思った。しかし大ピットの後継者とつきあうかわりに、ヒトラーは「あのアメリカ人ハーフでユダヤ人じみた飲んだくれ」のチャーチルにぶつかってしまったのだ。ムッソリーニとの関係においても温情をかけすぎたことを反省した。ギリシアへの攻撃というイタリアがしでかしたへまの後始末をしてやったおかげで、ソ連への侵攻が遅れてしまったのだ。あの遅れがひびき、モスクワ入城がついにかなわなかった。それ以降、すべてはその結果として生じている。貴族階級をたたきつぶさなかったことも彼は後悔した。貴族たちに対し妥協を許すというまちがいを犯し、そのうえ彼らはヒトラー叩きでそれに報いた。唯一自分でもよくやったと思うのは、ユダヤ人問題を断固として解決しようとし、「究極の解決法」にたどり着いたことだ。その他の点では徹底不十分だった。「結局、人がよすぎて後悔するわけだ」とヒトラーは嘆息した。

四月二八日、ソ連軍の装甲部隊が総統官邸からおよそ五〇〇メートルの距離に迫った。

どうもちこたえてもあと二日だ。ヒトラー最後の手をうつときが来た。彼はいまの状況からすればとんでもなく現実離れした選択をした。一九三六年から彼によりそってきたエヴァ・ブラウンとの結婚であった。そうすることによって彼は最後までつくしてくれた彼女への感謝の気持ちを表したかったのだろう。しかしこの結婚にはもう一つの意味があった。もはやヒトラーは完敗を認めたということでもあったのだ。彼はそれまでずっと、自分の愛人はドイツだけだと言って煙に巻き、エヴァとの関係は公にしなかった。エヴァ・ブラウンは日蔭の女であり、公式な場でのファーストレディーは、時と場合によってエミー・ゲーリングかマグダ・ゲッベルスということになっていた。この二人の邪魔者がとりのぞかれ、ヒトラーは献身的だった愛人エヴァと運命をともにすることができた。二人の結婚式のため、あわてて戸籍担当官がよばれ、二人の同意書を受けとった。ヒトラーの証人はゲッベルスとボルマン、エヴァ・ブラウンの証人はマグダ・ゲッベルスとトラウデル・ユンゲだった。死の契約が成立したのだ。ヒトラーとエヴァ・ブラウンは結婚することにより、死をともにすることも誓った。

式が終わると、ヒトラーは退席して政治的遺書をしたためた。最後まで強迫観念にとらわれていたヒトラーは、終始、口をきわめてユダヤ人を罵倒している。「もともとユダヤ系、あるいはユダヤ人の利益に資した政治家ども」を激しく非難し、何度もくりかえした言い草ながら、悪いことの責任はすべてユダヤ人にあると述べている。最後に、「人種法をきちんと守ること、諸民族に害をあたえる世界中のユダヤ人どもに断固対抗すること」をドイツ人に説いている。この二つのユダヤ人に対する痛烈な非難に混じって、ヒトラーは後継者問題についてはっきり述べている。自分の後を継ぐ国家とドイツ国防軍の指導者として、デーニッツ海軍元帥を指名した。この選択によってヒトラーは、弱体化と怠慢と背任のいちじるしい陸軍と空軍に対して、最後の意趣返しをしようとしたことがうかがえる。ドイツ第三帝国の新政府は、ゲッベルスを首相として樹立されるべしとも述べている。しかしこの決定をゲッベルスがありがたく思う時間は残されていなかった。ゲッベルスはヒトラーの後を追う覚悟だったからである。

次に個人的な遺書であった。ヒトラーは「党の仲間でもっとも忠実だった」マルティン・ボルマンを遺言執行人に指名した。彼はみずからの遺志を再度述べて遺書をしめくくっている。「解任あるいは降伏の恥辱からのがれるべく、わたしと妻は死を選ぶ。わがドイツ国民への奉仕に捧げた一二年間、わたしの日々の仕事のほとんどをなしとげたこの場所で、ただちに遺体を焼却されることを願う」

数日前から固めていたこの決意は、イタリアから来た知らせによってさらに強くなった。ムッソリーニと愛人クララ・ペタッチの逮捕と処刑である。しかも彼らの遺体はミラノのロレート広場で逆さづりにされたという。そんな屈辱を受けるくらいなら、あるいはモスクワで檻のなかの「サルみたいに」もてあそばれるくらいなら、死など少しもおそろしくなかった。

結末は近づいていた。それにそなえてヒトラーは、ヒムラーから渡された毒薬がほんとうに効くかどうか確かめさせた。ヒムラーに裏切られてからというもの、ヒトラーは疑心暗鬼になっていた。犬のブロンディに投薬したところ、毒はすぐに効き目を表した。これで最期が迎えられる。四月三〇日、秘書たちと昼食をすませ、協力者たちに別れを告げた――ゲッベルスとマグダはなんとか思いとどまってくれるよう懇願したがむだだった――後、ヒトラーはエヴァ・ブラウンとともに居室に戻った。一五時頃だった。そのとき、地下壕の上階では死の舞踏のごとき光景がくりひろげられていた。地下壕にこもっていた人々は食堂に集まった。スピーカーからきれいな音楽が大音響で流れるなか、不安をはねのけるかのように、老若男女が生存本能のまま、歌と踊りに酔いしれながら気をまぎらわせた。側近の一人が静かにするよう叱責することもできたが、むだだった。

この世の終わりの舞踏会が続けられているあいだ、ヒトラーとエヴァは自殺した。最初に部屋に入った一人である親衛隊少佐オットー・ギュンシェの証言がある。彼がその直後トラウデル・ユンゲに語ったところによると、「ヒトラーは自分の口に弾を撃ちこみ、毒薬を歯でかみ砕いていた」という。別の証言によれば、ヒトラーは右のこめかみに弾を撃ちこんでいたという。その傍に、青いドレスを着たエヴァ・ブラウンが膝を折ったまま倒れていた。固く閉じた唇は、服毒自殺特有の印で青くなっていた。そして幻覚を起こすような場面で悲劇は幕を閉じる。葬送行進曲がわりに、耳を聾するばかりに凄まじい砲弾と榴弾の爆発音のなか、毛布にくるまれた遺体は、男たちの手で総統官邸の庭まで運ばれた。地下壕入口から数メートルの場所に置かれた遺体に、一〇缶分のガソリンがかけられた。突風が庭に吹き荒れたので、マッチの火がつかず、この最後の仕事を終えるためには、たいまつに火をともさねばならなかった。それでもまだ終わりではなかった。遺体は完全に焼きつくせなかったので、しばらく後でまた作業をやりなおさねばならなかった。

身の毛もよだつ出来事はまだ続いた。次の日の夜、マグダ・ゲッベルスは六人のわが子に睡眠薬を投与し、眠っているあいだに毒殺した。その数日前、マグダはトラウデル・ユンゲに語っていた。「子どもたちは、恥辱と嘲笑のなかで生きるより、死んだほうがましよ。戦後のドイツに子どもたちの居場所はないわ」

子殺しを終えると、マグダは夫のところへ行った。ゲッベルスは日記に遺言を書いたところだった。そして彼はマグダといっしょに庭に行き、二人で自殺した。二人が死んだ後、すぐに遺体は燃えさかる炎のなかに放たれた。

数時間後、生き残った者のほとんどは脱出を試みた。地下鉄の線路上を歩けば、市外のドイツの最前線にたどり着けるのではないかと望みをかけた。それぞれ二〇人ほどの一〇グループは、またたくまに暗闇のなかでちりぢりばらばらになった。その後この脱出を試みた人々はさまざまな運命をたどった。ボルマンのように殺された者もいれば、ソ連軍に捕まった者もいた。この長い道のりを最後までぶじにまっとうした者はわずかしかいない。五月二日、司令官ヴァイトリングが停戦命令をくだし、ベルリンの戦いは終わった。五月七日にランスで、その翌日ベルリンで、ドイツの全権代表が降伏文書に調印し、数日後にヨーロッパ戦線全体で戦火は止んだ。

黙示録、神々の黄昏、こうしたイメージがヒトラーの最期を表わすのにふさわしい。しかしもう少しよく考える必要がある。第三帝国末期の苦しみは、ヒトラーの倒錯したナルシシズムを増長させた。一九四一年一一月二七日、ヒトラーは、敗北したとしても、ドイツ国民の運命に「一滴の涙もこぼさないであろう」とすでに述べている。この仮定が現実となった地下壕のなかでも、同じ言葉をくりかえした。五〇〇〇万人のドイツ人が、ヒトラーと祖国のために命を賭けたというのに、ヒトラーは、ドイツ国民は自分にふさわしくない、ゆえに滅びるべきだなどと罵倒した。ヒトラーのこの反応は、国家社会主義の奥深くにひそむニヒリズムをもあらわにしている。ヒトラーは若い頃からワーグナーのファンで、早くからワーグナーの描く主人公に自分を重ねあわせていた。リンツではじめてワーグナーの音楽にふれたヒトラーは、「リエンツィ」の上演に何度も足を運んだ。主人公の反逆者リエンツィは死と自滅を選んだ。「まさにあのとき、すべてがはじまった」とヒトラーはのちに語っている。ヒトラーはワーグナー歌劇の登場人物のように死にたかった。火刑に処せられ、風が灰をさらっていった、異教のゲルマニアの英雄たちのように。

ジャン＝ポール・ブレド

〈原注〉

（1）将校グループが共謀してヒトラー暗殺、政権打倒をくわだて、七月二〇日に実行した。新政府を樹立し連合国との交渉開始を視野に入れていたが、失敗に終わった。暗殺の失敗はクーデターの失敗でもあった。共謀者の大半は即刻あるいは数週間後に処刑された。

（2）当初、一二五万人のドイツ軍に対し、ソヴィエト軍は二五〇万人の兵士を投入した。しかもドイツ軍は次々と包囲を固められ、ベルリン防衛にあてられる兵力は、国民突撃隊の老兵をふくむ、わずか三〇万人となった。

〈参考文献〉

ヒトラーの悲惨な最期についての調査は以下の書がもっとも信頼できる。

Joachim Fest, *Les Derniers Jours de Hitler* (*Der Untergang Hitlers und das Ende des dritten Reiches*), Paris, Perrin, 2002, reed. «Tempus», 2009.

以下の本も定評がある。

Antony Beevor, *La Chute de Berlin* (*Berlin : The Downfall 1945*), Paris, Editions de Fallois, 2002.

ヒトラー時代の末期を生きた人々の回想録もあわせて読まれたい。なかでも一九四二年一二月からヒトラーの秘書をつとめたトラウデル・ユンゲが書いた以下の本は、映画「転落」に大きな影響をあたえたものであり、特筆に値する。

Traudl Junge, Dans la tanière du loup : les confessions de la secrétaire de Hitler (*Bis zur letzten Stunde. Hitlers Sekretärin erzählt ihr Leben*), Paris, JC Lattes, 2005.

慎重に読む必要があるが、以下の回想録も参考になる。

Albert Speer, *Au cœur du Troisième Reich*, Paris, Le Livre de poche, 1972.（アルベルト・シュペーア『第三帝国の神殿にて――ナチス軍需相の証言』、品田豊治訳、中央公論新社、二〇〇一年）

ペタン元帥の裁判は1945年7月23日、パリで開かれた。8月15日、ペタンは死刑を宣告されたが、ドゴール将軍が恩赦をあたえた。1951年7月23日、流刑地のユー島のピエール=ルヴェ要塞で亡くなった。© Keystone-France/Gamma-Rapho

3　ペタン元帥は四度死ぬ

一九五一年七月二三日、ポール＝ジョワンヴィル（ヴァンデ県）で、遺体安置室に入る権利がだれにあるかをめぐってけんかが起きた。交渉はなかなかまとまらなかった。異議申し立てが出ないよう、文書で合意が確認されたものの、なんの役にも立たなかった。だが、とにかく今度ばかりはたしかにペタン元帥の最後の死だ。どうあろうと…

一九四四年八月二〇日早朝のヴィシーで、ペタン元帥の部屋の前に人々がつめかけていた。スイス大使、教皇大使、非武装の身辺警備員たちなど、まだ残っていたフランス国主席ペタンの周辺の人々たちは、彼がドイツ人たちに連行されるのを見とどけようと、踊り場に集まってきた。しんと静まり返るなか、ドイツ軍派遣隊は階段の鉄柵をはねのけ、部屋のドアの南京錠を壊して開けた。部屋のなかには数人の側近がペタンとともにいた。ペタンは着替えを終えてゆっくり時間をとっているように見えた。ドイツ人たちはいらいらした。前の日にフォン・ノイブロン将軍から、抵抗することなくヴィシーを離れていただきたい、さもなくばヴィシーを爆撃する、と通告したではないか。ペタンの主治医が口をはさみ、高齢（および話の種になるほど食欲旺盛）であることを考慮して、ペタンが出発前に栄養のある朝食をとることを許可してほしいと言った。

ペタンはヒトラーに宛てた抗議文の写しを外交官たちに渡し、後に残る人々に別れのあいさつをした。フランス人へのメッセージも残した。「自発的であろうと強制的であろうと、わたしが行なったすべてのこと、わたしが同意も甘受もしなかったすべてのことはひとえに諸君を守るためであった。諸君の剣となれないなら、盾でいることをわたしは望んだ」

ドイツ将校たちが耐えかねたように、オテル・デュ・パルクの前を行きつ戻りつしていた。小雨のなか、ペタンの乗る車が入口の前に停まった。ペタンを見送るため、数十人が集まった。建物を出るとき、フィリップ・ペタンは帽子をちょっともちあげてあいさつしてみせた。遠慮がちな拍手が起き、やがて止んだ。車の列が動きはじめた。先頭は警察、次にペタンと側近の車、そしてドイツ人の車が列の最後についた。二か月半前に連合国軍がノルマンディに上陸しているうえ、中央山地《マシフ・サントラル》に対独レジスタンス運動員《マキザール》が出没して勢いを増していた。この懸念から、ドイツ側はペタンをぶじ移送するためと称して、東への道のりをあまり明らかにしなかった。「東」へ向かった一行は、ベルフォールでの短い休憩をへて、ドイツ南部のジグマリンゲンにたどり着いた。ペタン元帥は、自分はまだフランスの合法的元首であり、フランスの主権を体現しているので、とらわれの身ではあるものの、職を辞することはできないとはっきり言った。とはいえ、形骸化して久しいヴィシーを去った以上、四年前に彼が政権をにぎって成立した体制が崩壊したことは明白と思われた。ペタン個人がどうなるかもはっきりしなかった。ごく少数の部外者は、ペタンが疲れておちつきがなく、冷静さに欠いていたと証言している。ヒトラーの手中にあるペタンは八八歳だった。生きてふたたびフランスの地をふむことがあるかどうか、わからなかった。

八か月後、ペタンはまだ生きていた。あいかわらず驚くほど元気だった。彼は自分が、フランスにおいて国家反逆罪で起訴されていることを知った。彼は再度、ヒトラーに宛てて手紙を書き、フランスに帰って自己弁護するのを許可してほしいと頼んだ。しかし、ペタンが悲劇を覚悟する一方で、ヒトラーはもはや重要人物ではなくなった彼に返信するのを怠った。連合国軍はジグマリンゲンに近づいており、フィリップ・ペタンを拘束する者たちは、役立たずの囚人である彼をもてあましていた。とうとう彼らは、なんとかしてペタンをスイスへ行かせることにした。惨禍のさなかにあるドイツで、いちかばちかの賭けだった。とはいえペタンは、妻とごく少数のとりまきとともにスイス国境にたどり着いた。ほかのヴィシーを追われて逃げてきた者たちとは違い、ペタンは温かく迎えられた。スイスの警察官は、彼の誕生日を祝うというこまやかな心づかいさえ示してくれた。一九四五年四月二四日、ペタンは八九歳になった。

スイス側はペタンにスイスにとどまるよう勧めた。フランス政府はペタンを帰国させることにさほどこだわっていなかった。象徴的な意味をもつ欠席裁判で十分と思われたからである。しかしペタン自身はなんとしても帰国して弁明したかった。となればスイス国境で本人の身柄を確保し、パリまで列車で移送し、モンルージュ要塞に勾留せねばならなかった。それは三か月前に、ロベール・ブラジヤックが銃殺された場所だった。

欠席裁判の準備はほとんど整っていた。支離滅裂の指示書がやっつけ仕事でつけたされた。「質問にお答えします」とペタンは宣言したものの、かならずしもそれに耐えうる精神状態ではなかった。急遽集められた弁護側はペタンのため予防線を張った。検察側は、一九四〇年ペタンは陰謀をくわだて、みずから権力をにぎるため、ドイツの勝利にくみしたと主張する補足の論告文を作成した。

高等法院での裁判は一九四五年七月二三日に開かれた。ひどく狭い法廷で、裁判官、被告、弁護人、ジャーナリスト、傍聴人が窮屈そうにひしめきあった。ペタン被告は冒頭の宣言を読み上げた。この裁判の正当性を疑っていた彼は、フランス国民と歴史の裁きに身をゆだねると述べ、その後はなにも語らなかった。実際、幸か不幸か彼は耳が遠く、裁判中も超然としていた。その上、対独協力、弾圧、強制労働、ユダヤ人迫害、横領にかんして真実が求められる場で、人々は陰謀の立証に躍起になった。第三共和政の元指導者や高級軍人が多くを占める証言者たちは互いに言い争い、一九四〇年の敗北とフランスの受けた侵犯に対する責任をなすりつけようとした。

最終日、甘いマスクの若手弁護士ジャック・イゾルニが、感情に訴える弁論で陪審団の心を打った。「皆さん、心に留めていてください。そして波立つ心の奥底で、皆さんが断罪するであろうこのフランスの元帥がいかに死ぬかを見とどけるのです。この青ざめた偉大な顔は決して皆さんの心を去らないでしょう」。弁護士会会長ペイアンは、すでに最初に弁論をすませていたのに、負けじと最後にまた必死で弁論し、イゾルニがあたえた感動をだいなしにし皆をうんざりさせた。

法廷は審議のため散会した。構成員は三人の司法官と二四人の陪審員たちだった。陪審員はレジスタンス活動家と、一九四〇年七月にペタンに全権をゆだねることを認めなかった議員のなかから指名されていた。最初に訴因を明らかにしようとするところからもめた。ペタンは国を裏切ったのか？　刑法のどの条項があてはまるのか？　死刑になるのか？　死刑を宣告すべきかどうかをめぐり、異様な緊迫感のなか、審議は七時間におよんだ。結局一四対一三で死刑に決まった。ペタンが高齢であることから、実際には執行されないようにと願った一七人の陪審員の思いがこの評決にこめられていた。有罪判決に対独協力罪がくわえられ、財産は没収、階級と勲章も剥奪されることになった。一九四五年八月一五日午前、フィリップ・ペタンの死刑判決文が読み上げられた。ペタンはよく聞こえなかったので、弁護士に判決内容を確認せねばならなかった。広島と長崎に原子爆弾を落とされた日本は、この日降伏し、第二次世界大戦は終結した。

八月一七日、臨時政府主席ドゴール将軍がペタンに「人道的」恩赦をあたえ、無期禁錮刑に減刑した。ペタンは死をまぬがれた。

恩赦となると、ペタンをどこかに拘禁しなければならなくなった。ペタンは即日、ピレネー山中のポルタレ要塞に送られた。とりわけ険しく孤立した厳寒の要塞で、ペタン自身が、一九四〇年の敗北の責任があるとした第三共和政の政治家数人を収容させた場所だった。囚人となったペタンは生活環境が変わり、自殺を考えた。ペタンはあくまで身勝手な正直さから、こんな場所だと知っていたら、政敵を送りこんだりしなかったのにと語っている。また、食事についても不満を述べている。食糧難の貧しいフランスで、周囲の兵士や警備員がふだん食べているのと同じものだった。

ポルタレ要塞、そしてユー島のピエール＝ルヴェ要塞でも、フィリップ・ペタンの拘禁生活はまず抑鬱状態との闘いだった。弁護士に会うとき以外はなんの希望もなく、ペタンは生気を失い、拘禁と老齢のわずらわしさに耐えた。しかし、年齢のせいで身体の自由がきかなくなるにつれ、警備員たちは態度をやわらげ、世話を焼いてくれるようにさえなった。

ペタンは「ここでの生活に慣れるために、何週間かそばにいてほしい」と一九四五年一二月付で妻に書き送っている。「ずっと閉じこめられているのはほんとうに嫌だ。心が苦しくなってくる。時間は癒してくれはしない。おまえさえいてくれれば心が休まる。そんな気持だ。なにかやることを見つけたい。本が読みたいが、面白いものでなければ困る」

フィリップ・ペタンの刑の宣告は形式的宣告だった。元帥の合法的権力で守られることがかなわず、ドイツ軍の占領下のフランスを裏切ったと判断される者を裁くための宣告だった。ペタンは九〇歳近かったので、そのうち老衰で死ぬだろうと思われ、拘禁期間が長引くことは想定しなかったのだろう。

しかしペタンの健康状態は異様なほど良好で、予想は裏切られ、彼は世界一高齢でやっかいな囚人となった。誕生したばかりの第四共和政政府にとってつねに悩みの種となった。

旧ペタン派あるいは新ペタン派が名誉回復の第一歩と騒ぎ立て、釈放を要求して立ち上がる一方、指導者層は首を縦にふる気配はなかった。ペタンが何者かによって大胆不敵に拉致される懸念があることから、孤島に拘禁しておくほうがいいと思われた。ゆえにフィリップ・ペタンはユー島専属の囚人のままだった。ペタンの精神状態には波があり、滑稽だったり、危機一髪だったり、見るにたえないような事件がたびたび起こった。たとえば、恩赦をあたえられたと新聞で知った彼は、仮釈放となるのではないかと期待し、近いうちに出所できるのかと看守長に問いただした。ペタンはしだいにホテル暮らしをしているような気になり、しかもタダだというのを喜んでいた。散歩の時間を引きのばしたいとペタンが言うたびに、囚人であるという自覚を彼にとりもどさせねばならなかった。彼は自分の置かれている状況を忘れ、日付と出来事をごっちゃにした。しまいには、自分がだれなのか、どんな身分だったのか、どんな生活を送っていたのかすらまったく忘れてしまった。一九四九年夏から、語り草となっていたペタンの健康状態は悪化した。治療を嫌がることが多くなり、面倒な病人となった。一九五一年六月なかば、ペタンは軍人保健局の監視下に置かれることになり、ポール＝ジョワンヴィル館に移送された。肺疾患が悪化し、七月二一日に昏睡状態におちいった。二三日午前九時すぎにペタンは亡くなった。納棺の際、彼はカーキ色の軍服を着せられ、ケピ帽をかぶり、白い手袋をはめ、軍功章をつけた。

その後、家族、弁護士、当局者のあいだで次から次へと言い争いが起きた。だれが遺体安置室に入るか、どこに埋葬するか、防腐保存するのか、デスマスクをとるのか、死亡証書に「フランス元帥」と書くのか。棺に鉛の封印をする溶接工は、「フランス・ディマンシュ」のレポーターにスクープ写真を撮られてしまった。夜は、祈りの集いがもたれ、ヴァンデの人々や元兵士たちが集まった。ヴィシー政府の元重鎮たちが翌日の葬列にくわわるため駆けつけた。葬儀には、ペタンの姿をもっともよく見かけた島民、毅然とした退役軍人、さまざまな身なりの観光客や野次馬、忙しそうなジャーナリスト、何人かの議員や将官、都合をつけてやってきて、参列の印を残したがっているヴィシー時代の裏方たちも交じっていた。ペタンの甥の孫娘の夫が教会の入場券を配った。入場料は高かった。

他界したものの、皆にとってフィリップ・ペタンはまだ生きていた。あちらこちらの親戚が、相続権をめぐって双方で弁護士を立て、法廷で争った。名誉の保護、裁判の見なおし、そしてペタンの遺言どおり、ドゥオモン納骨堂への納骨を実現するため、いくつもの団体が設立された。「ヴェルダンの勝者」ペタンは、国との和解の名のもとに、第一次世界大戦の兵隊たちとともに永遠の眠りにつくのだ。そうすれば、ヴィシーという痛恨の汚名を返上することができる。なんらかの行為、なんらかの急展開があるたび、ペタンをめぐる人々は今度こそはと期待した。一九六八年一一月一一日、フランス大統領ドゴール将軍が、ほかの第一次世界大戦の元帥たちと同じようにフィリップ・ペタンの墓に献花したとき、彼らはよくぞここまでと思った。新大統領ジョルジュ・ポンピドゥーが、戦争によって生じた分裂とは縁を切るべきだと述べたとき、彼らはこれで保証が得られたと思った。しかしなにも変わらなかった。ヴィシー政府で一時期官房長官補佐をつとめ、一九六五年の大統領選で極右勢力として出馬したティクシエ＝ヴィニャンクール弁護士は、スキャンダルを利用して政府にゆさぶりをかけ、イゾルニ弁護士をしのぐ働きをしようとした。一九七三年二月、ヴィニャンクールは、ドゥオモン納骨堂に納めるため、ペタンの棺の秘密裡の発掘に本格的に取り組む小グループを編成した。国民議会選挙のさなか、一九一六年のヴェルダンの戦いの開戦記念日の数日前のことだった。最初はうまくいったものの、このむこうみずなくわだてては数時間で挫折した。場所ふさぎの大荷物はパリ一四区のガレージに置かれた。二日後、これが発見されると、行政当局は当惑し、世間は好奇の目を向けるか無関心かに分かれ、元軍人とレジスタンス活動員は浮足立ち、極右派は胸ふさがる思いだった。一族内で対立が起きているのをいいことに、政府はただちにペタンの遺体をユー島にふたたび埋葬し、今日にいたっている。これが、ペタン元帥の四度目の死だった。

ベネディクト・ヴェルジェ＝シェニョン

〈**参考文献**〉

Jean-Yves Le Naour, *On a volé le Maréchal!*, Paris, Larousse, 2009.
Henry Rousso, *Un château en Allemagne. La France de Pétain en exil. Sigmaringen*, Paris, Ramsay, 1980.
Joseph Simon, *Pétain mon prisonnier*, Paris, Plon, 1978.
Bénédicte Vergez-Chaignon, *Vichy en prison*, Paris, Gallimard, 2006.
Bénédicte Vergez-Chaignon, *Histoire de l'épuration*, Paris, Larousse, 2010.

ヨシフ・スターリンは長く苦しんだ後、1953年3月5日に亡くなった。9日、遺体は赤の広場の霊廟に盛大な葬列とともに送られた。じつに多くの民衆が葬儀に参列した。
© Sipa

4　魔のソファ　スターリン断末魔の五日間

暴虐のかぎりをつくしたソヴィエトの独裁者スターリンは、孤独に生き、孤独に死んだ。恐怖をまきちらした代償として。

スターリンは宵っ張りだった。よく眠れたと彼が言うまで、だれも起こそうとしなかった。ボディガードも、メイド頭やメイドたちも、スターリンによばれないかぎりは部屋に入ることを許されなかった。スターリンはふだん午前一〇時か一一時まで寝ていた。彼にかんするほかの事柄すべてと同じように、スターリンの休息は神聖だった。

七三歳になっても、スターリンは一日一五、六時間仕事をしていた。党書記長兼閣僚会議議長として、粛清の気配をつねにただよわせながら、彼はソヴィエト連邦を強権支配していた。あらゆることに首をつっこみ、なんでも知りたがり、膨大な報告書に目をとおして筆を入れ、数えきれないほど多くの会合に出席し、声明文をまとめ、新聞記事に訂正を入れ、歴史関係の書物を書きなおし、政治論文を執筆しつづけた。スターリンは大使や友党の指導者たちに、対処の仕方や決定内容をあらかじめ吹きこんだ。彼の「忠告」を聞かない者は目をつけられた。チェコスロヴァキアの書記長ルドルフ・スラーンスキーと二人の補佐役は、このことを忘れたため、数か月前に絞首刑に処せられていた。書記長ボレスワフ・ビェルトのユダヤ人補佐役に対して同じような処置がされたことはポーランドでも明らかになっていた。さらに南では、スターリンの手下が、ソヴィエトと袂を分かったユーゴスラヴィアの指導者ティトーの暗殺計画を練っていた。多くの懸案事項と「計画」に忙殺されていながら、スターリンは巨大な国家と重責からすればささいな問題に時間をさくこともあった。校長の不平をならべ立てる教師や、忠告を求める労働者の要望にみずから答えたりした。

若い頃からの習慣と、ソヴィエト共産党仕込みの倹約癖から抜けきれず、名誉と数々の勲章、元帥という階級、絶対的個人崇拝とは裏腹に、スターリンの身なりは質素で、さっぱりした服、古い帽子、すり減った長靴がむしろお気に入りだった。服のままソファで寝入ってしまい、朝までそのままということもあった。そうしたことから、スターリンはしきたりを守り、わずらわしい身辺警護もきっちりつけた。スターリンは妄想症だった。死をおそれていた。クレムリンの廊下でさえ、スターリンは前後に護衛を何人もつれて歩いた。私的な外出の際は、車を三台出し、二台はダミーだった。専属の料理人だけがスターリンの皿にふれることができ、瓶は栓をしたままテーブルに出された。クレムリンにある角部屋の執務室、私邸、クンツェヴォ地区にある広大で快適な別荘《ダーチャ》は聖域であり、スターリンの命令以外受けつけない選り抜きの者たちが見張りをし、守っていた。

一日の終わりにボリショイやクレムリンの映写室でくつろぐときは、ベリヤ、マレンコフ、フルシチョフ、ブルガーニンといった政府の腹心の部下たちとかならず一緒だった。モロトフ、ミコヤン、カガノーヴィチらは疎遠になっていた。通常二〇人程度のメンバーからなる「総幹部会」はしだいに開かれなくなり、ベリヤたちのこの少数グループが「移動幹部会」を開いた。

夜の集まりはかならずクレムリンから三〇分ほどの距離にあるクンツェヴォで終わった。独ソ戦の初期から、スターリンはソチで休暇をすごすときを除けば、クンツェヴォ以外のところで食事と睡眠をとることはめったになかった。夜遅く、訪問者たちがモスクワへ帰っても、スターリンはクンツェヴォの自分の部屋か、居間のソファで休むというのだった。

一九五三年二月二八日土曜は、そうしたいつもと変わらない一日だった。スターリンは一日のほとんどをクンツェヴォの別荘《ダーチャ》ですごし、報告書を読み、警備員と話をし、雪の積もった庭を散歩し、サウナでくつろいだ。彼のたくましさと耐久力には定評があったが、じつは動脈は年相応におとろえており、自覚症状が生じていた。周囲の者は、スターリンが戦後、かなり「よる年波に勝てなくなった」と気づいていた。とはいうものの、スターリンが過労のせいで意識を失うことがあり、関節リウマチにかかっているだけでなく、脳障害のために不機嫌なことが多くなっており、軽い記憶喪失が起きている、とまで知っている者はほとんどいなかった。医者たちがこの診断をもとに休養をとるようにと助言すると、思いもよらないことに、スターリンから逆恨みされた。

午後の遅い時間になると、スターリンはクレムリンに出向き、いつもの四人組に会った。

ヴォロシーロフ元帥も後から合流した。ヴォロシーロフは数少ないスターリンのお気に入りの軍人の一人だった。スターリンがだれを好ましく思うかについて、だれもが口を閉ざしていたが。二〇人程度の会議でその日のごく専門的な打ちあわせはすませていた。次に六人の高官は映画を見た。スターリンは映画評論家を気どっており、ある作品を彼が推すと、まわりの者もじつに傑作だと口をそろえるよう求められるのだった。

二三時頃、ヴォロシーロフは帰宅したが、ほかの者はジョージアワインと美味しい食事の待つクンツェヴォに向かった。

ふだんどおり、夜の集まりは真剣であると同時ににぎやかだった。「赤い皇帝《ツァーリ》」スターリンは、どんな心配事があろうと、家のなかに明るい気分がただよっていることを望んだ。経済問題や朝鮮戦争について断片的に話しあったが、ここ数週間の話題の中心は、新たな「密計」についてだった。スターリンはこれに対して執拗に狙いを定めて対処し、いつものようなためらいは示さなかった。新たな粛清が計画されていた。今回の粛清の理由は、医師団のいわゆる陰謀だった。医師団は、アメリカが陰で糸を引く「国際ユダヤ人ロビー活動」の手先だった。スターリンは、排除が必要と判明した「陰謀家」や「裏切り者」やその他「狂犬」のリストを次々増やしたので、中心的容疑者たちには最悪の事態が待ち受けていると思われた。しかしながらこの医師たちは皆、ソヴィエトの良家の出身だった。だが、共産党幹部におよんだ危険は払拭されたと表向きはくりかえし発表されていたものの、ユダヤ系アメリカ人の「あやつり手」が医師たちをねがえらせ、党幹部に毒を盛るよう説得した疑いがかけられていた。逮捕と最初の尋問が行なわれると、新たな裁判の準備が進められた。それは人々の面前で「犯人」が罪を告白し、刑の宣告を罪の赦しとして受け入れ、罪の償いのため、首謀者は銃殺され、子分、妻子、兄弟、従兄弟、友人は強制収容所に送られるという、筋書きどおりの見世物裁判だった。元帥兼軍事相ブルガーニンは大量輸送の手はずを整えねばならなかった。やがてソヴィエト連邦のユダヤ人の多くを、カザフスタン、ウズベキスタン、あるいはいちばん「危ない」シベリアへ送りこむことになろうかと思われた。

一九五三年二月二八日から三月一日にかけての夜、グラスを片手に、この計画に話がおよんだ。スターリン以外の四人にとって、この話題は微妙だった。彼らは人道的な理由ではなく、自身の失脚をおそれ、この粛清計画に反対だった。実際彼らは、みずから何度もかかわってきた経験から、スターリンの粛清がどれほどおそろしいものかわかっていた。それはスターリンが敵とみなした者たちを物理的に消滅させることをつねに意味した。べリヤとフルシチョフが医師団陰謀事件の巻き添えをくらって犠牲になり、モロトフと同じ運命をたどる可能性は十分にあった。モロトフの妻はルビャンカ刑務所の地下で拷問にあっていた。その夜、ほかの日と同様、やはり彼らはスターリンにたてつく勇気がなかった。幹部会でスターリンに対し（冷静に）反対意見が言えたのは遠い昔のことになってしまった。もはやクンツェヴォのいつもの酒盛りでも、スターリンに逆らうようなことは一言も口にできなかった。側近の本音を探るため、スターリンがウォッカと見せかけて水を飲んでいるなどと、彼らは夢にも思っていなかった。

午前四時、スターリンはリムジンのところまで四人についていった。彼らを見送った後、スターリンは家で暖をとり、警備員を引きとらせ、小さな食堂のソファに身を横たえた。ドアはだれかが閉めた。別荘《ダーチャ》の明かりが次々消えた。

三月一日、陽が高くなっても別荘《ダーチャ》は静かだった。警備員はよばれるのを待っていた。だれも不思議に思わないまま時間がすぎた。スターリンは夜のあいだに起きて仕事をしたのかもしれない。いやひょっとしたらもう仕事にとりかかっているのかもしれない。部屋には空腹を満たすものがあった。だれにも邪魔されたくないのだろう、と皆思った。午後になると、番兵や女中頭はさすがにどことなく不安を感じはじめた。一八時頃、職員たちは突然、小さな食堂の明かりがついたことに気がついた。職員はよばれたらすぐ動けるよう待機した。しかしあいかわらずおよびはかからなかった。

二二時頃、クレムリンから郵便物や書類が運ばれてきた。警備隊長ロズガチェフはまだためらっていたが、ようやく小食堂に入る決心をした。ドアをおそるおそる開けると（スターリンはくつろいだ格好のときに来られるのを嫌った）、ロズガチェフはなぜその日よばれなかったのか、理解した。スターリンは下着とパジャマのズボン姿で絨毯の上に倒れていた。ズボンは尿で濡れていた。ロズガチェフは飛びついた。スターリンはまだ生きていたが、口がきけなかった。スターロスチン大佐と女中頭ブトゥソヴァが、助けに来るようよばれた。皆でスターリンをいったんそばのソファに寝かせたが、それから風通しのよい大食堂のソファに移した。

スターリン体制下のソ連で、これほど重大なときでも、個人が自主的に行動することはとうていできなかった。ふつうの人間がこうした場合にとるような行動すらはばかられた。医師をよぶこと――「医師団陰謀事件」のさなかでは誤解をまねきかねなかった――なく、ロズガチェフがまず直属の上司である国家保安相のイグナチェフに電話をかけたのにはこうした事情があった。イグナチェフも慎重にふるまうことにした。スターロスチンはベリヤとマレンコフをよぶだろうが、自分はフルシチョフに頼ってこの場を切り抜ければいいと考えた。さらにマレンコフとフルシチョフはブルガーニンに連絡した。三人はベリヤの判断を仰ぐことに意見が一致した。しかし、ベリヤはなかなか来なかった。愛人のところにいたのかもしれない。ベリヤがようやく指示を出したのは、一時間後だった。自分がクンツェヴォに着くまで何もするな、と。

スターリンが倒れてから二〇時間以上たったかと思われる午前三時(1)、ベリヤとマレンコフはスターリンの枕もとに来た。スターリンは眠っているように見え、ぜいぜいというあえぎがいびきに聞こえたので、ベリヤはくだらぬことでよびつけられたと思いこんだ（あるいは思ったふりをした）。ベリヤは医者をよぶべきだと主張する警備員を冷たくあしらい、行ってしまった。いつも一緒のマレンコフも後に従った。おそらくベリヤは、放置しておけばスターリンは回復しないだろうとわかっていたのだ。スターリンを救おうとするより大事なことがある。権力の座が空くから、そのほうを心配すべきだとベリヤは思った。ベリヤ以下四人の移動幹部会のメンバーは、権限を分担し、みずからの地位を固め、敵と思われる者を排除するため、さっそく裏工作をしようとしていた。船頭多くして船山に上るような状態のなかで、クンツェヴォの警備員と使用人は、いまの状況をいっさい口外せず、スターリンを静かに眠らせておくよう命じられた。

ロズガチェフと部下だけが、苦しんでいるスターリンのそばにいた。医師がよばれないままさらに一日がすぎた。とうとう、国家保安省（MGB）職員とマリヤ・ブトゥソヴァは不安がつのり、もう一度マレンコフに相談した。根負けしたマレンコフはベリヤとフルシチョフをよび、ベリヤとフルシチョフはトレチャコフ保健相にかけあった。トレチャコフはルコムスキー教授をはじめとする医師団を急遽派遣した。三月三日午前七時、スターリンが倒れてから四八時間後に医師団は到着した。

幹部四人組のほか、モロトフ、ミコヤン、カガノーヴィチ、ヴォロシーロフ、まもなく駆けつけた娘スヴェトラーナ、息子ヴァシーリーが見守るなか、医師たちは――おそれおののきながら――仕事にとりかかり、スターリンの服を脱がせ、入れ歯をはずし、念入りに聴診をした。脈は弱く血圧は低く、身体の右半分は麻痺し、左半分は震えていた。もはや悲観的な診断しかなかった。重い脳出血が起きており、もはや職務に復帰することは不可能と思われた。（浣腸のため）硫酸マグネシウムを投与し、左耳の後ろにヒルを貼りつけて吸血させた。さらに信じがたいことに、神経科医、一般医、看護師を一人ずつ残してお偉方は退散した。患者は…休養と絶食を命じられた。

その日の夕方、幹部たちはクレムリンに帰った。ベリヤは意気揚々、「赤い皇帝」の座に王手をかけようとしていた。午後、後継者問題を討議するため、党中央委員会、閣僚会議、ソヴィエト最高会議幹部会が招集された。そこで三〇〇人が現状を知らされた。スターリンは（敬意をこめて）書記長および閣僚会議議長の職を解かれた。党幹部のメンバーリストからはずすようなことはさすがにできなかったが。職務代行はマレンコフに託され、モロトフ（みごとに復帰）、ブルガーニン、カガノーヴィチが補佐することになった。ベリヤは保安と内政の重責を担うことになった。マレンコフとフルシチョフとともに、ベリヤはスターリンの残した書類を「分類する」仕事もまかされた。三人はさっそく仕事にとりかかり、極秘にされていた金庫を開け、過去から現在にいたるまでの粛清に自分たちが関係した証拠となりそうな書類をすべて破棄した。スターリンはまだ息があるのに、非スターリン化がはじまった。

三月四日の朝から、スターリンの「病気」がラジオで発表されていたが、もう一段階警告の度を上げ、五日早朝からは「危険な状態」であると伝えられた。

クンツェヴォでは、スターリンがあいかわらずソファで眠っているようであり、ときおり目を開けてうなり声を出すものの、だれかが耳もとでそっと話しかけてもなんの返答もできなかった。クレムリンでの二回の会議のあいまに、ひとときでも枕もとにいた者をすべてスターリンは見分けただろうか。娘スヴェトラーナはのちに書いた。「(一瞬、)父はふいに目を開けてまわりの者たちを見わたした。錯乱とも怒りともつかぬ、おそろしいまなざしだった。死への恐怖、自分の上にかがみこんだ見知らぬ医師たちの顔への恐怖に満ちていた。このまなざしが、ほんの一瞬私たち全員に向けられた。そして…父は左手をあげた。上にあるなにかをさしているようにも、皆をおどしているようにも見えたが、なんの仕草かはわからなかった」。皆が枕もとで一心に見守っているところへ、ヴァシーリー・スターリンが来てかき乱した。空軍将官で札つきの酒飲みだったヴァシーリーは、自制心をすっかり失い、父を「殺した」と言って四人組を責めたてた。ヴォロシーロフの貫禄と、フルシチョフのとりなしのおかげでヴァシーリーはようやくおちついた。

愛されなかった息子が動揺したこと、警備員が何も見ていないのに何もかも知っているかのように後からあれこれ言い立てたこと、スターリンの死によって多くの人間関係におさまりがついたことから、暗殺説が流れた。確たる証拠はほとんどなかったが、当然ベリヤに疑いがかけられた。スターリンはルーズヴェルトに「うちのヒムラーです」と言ってベリヤを紹介したことがあった。しかし数年来スターリンの監視下にあったベリヤが、そのような襲撃をしかける手立てはなかっただろう。国家保安省（ＭＧＢ）やクンツェヴォの職員を動かす力もなかっただろう。たとえベリヤが、「やったぞ！」と叫ぶのを聞いた人間がいるとしても、スターリンの救護を急がず放置したこと以外の責任を彼に問うことはできず、暗殺説を裏づける材料もほかにはない。検死の結果、広範にわたる動脈硬化により脳内出血がさらに悪化したことがわかった。このことは長年秘密にされた。一九五三年当時の科学の現状からすると、おそらく手術に耐えられなかっただろう。いずれにせよ、スターリンの政治家としての人生は終わっていた。

一九五三年三月五日朝、スターリンは徐々に永遠の眠りにつきつつあった。吐き気、呼吸困難、吐血、虚脱のくりかえし、合併症、窒息。家族、特権階級《ノーメンクラトゥーラ》のメンバー、国家保安省（ＭＧＢ）職員、使用人、医師たちを前に、「人民の父」スターリンは（とうとう！）息を引きとった。

九時五〇分だった。仲間や子どもたちは、青紫色になったスターリンの顔にキスした。ベリヤはひざまずいて手にキスした。

翌朝、スターリンの死が世界中で報じられた。ニュースが伝わるや、いまでは考えられないほどの動揺、悲嘆、興奮がわきおこり、熱狂的なスターリン礼賛の声が上がった。

フランスでは、下院で一分間の黙禱が捧げられた。共産党臨時書記長のジャック・デュクロは、工場の操業を停止させ、冬期競輪場《ヴェロドローム・ディヴェール》に人々を集め、追悼を行なった。「ル・モンド」紙は「スターリン元帥の死」を大きく報じ、「リュマニテ」紙の見出しは三行にわたり、「諸国民哀悼　偉大なるスターリンを追慕し黙禱」というものであった。数日後、「レットル・フランセーズ」の一面に、ピカソが描き有名となったスターリンの肖像画がのった。この肖像画は物議をかもしたが、編集長のルイ・アラゴンが百歩ゆずり、自分に非があると述べておさめた。

ソ連では、約二億人が国父スターリンを失い、悲しみで茫然としていた。それだけではない。強制収容所でさえ動揺が感じられた。それは囚人たちが解放の期待に色めきたったためだけではなかった。スターリンの遺体は防腐保存され、モスクワの労働組合会館の「円柱の間」に安置された。ここはまさにスターリン時代、公開裁判がくりひろげられた場所だった。涙にくれる何万人もの人々が列をなして弔問に訪れた。三月九日、道路に人がごった返して大混雑となったため、数百人も死者が出た。ヨシフ・スターリンの遺体は壮麗な葬列とともに、墓所となる赤の広場の霊廟に運ばれた。レーニンのかたわらに眠ることになっていた。スターリンは三〇年間、レーニンの「天才的後継者」とされてきた。ソヴィエトのプロパガンダによると、この日涙にむせぶ五〇〇万人の市民が道にあふれたという。この数字は明らかな誇張だが、葬儀に参列した民衆が異常な数だったことは否定できない。

一九五三年三月当時、血と涙の跡をもっとも多く歴史に残した「陽気なジョージア人」

スターリンの所業に、いかに闇の面があったかを知る者はまれであり、疑う者さえほとんどいなかった。第二次世界大戦を除いても、強制収容所送り、粛清、個人あるいは集団殺人、故意に発生させ放置した飢饉において、彼が死なせた人々はすくなくとも二〇〇〇万人を超える。「指導者」「人民の父」「子どもたちのよき友」「強い賢者」スターリンを思い、心から涙した人々は、ロシアを中世の闇から救い出し、はかりしれぬ犠牲をはらってファシズムを打ち倒した革命の指導者の面だけを見ていたにすぎなかった。

「赤い悪魔」スターリンの犯した多くの罪は、徐々に明らかになっていった。しかし、(例の「医師団」をふくむ)多くの服役者の釈放、ベリヤの処刑(一九五三年一二月)、フルシチョフのスターリン批判(一九五六年二月)、平和共存政策の一時的提示と、レーニン廟からのスターリンの遺体の撤去(一九六一年一〇月三一日)といった出来事にもかかわらず、ソヴィエト連邦およびロシアはヨシフ・スターリンと縁が切れていない。

ティエリー・レンツ

〈原注〉

(1)　ロズガチェフはスターリンの体のそばに時計が落ちていたと言った。時計は壊れていて、六時三〇分をさしていたという。

〈参考文献〉

Stéphane Courtois, *Le Livre noir du communisme*, Paris, Robert Laffont, «Bouquins», 1998.

Jean-Jacques Marie, *Staline*, Paris, Fayard, 2001.

Simon Sebag Montefiore, *La Cour du tsar rouge, t. II, 1941–1953*, Paris, Perrin, «Tempus», 2010.

Dimitri Volkogonov, *Staline*, Paris, Flammarion, 1992.

1961年5月30日、ラファエル・トゥルヒーリョはサント＝ドミンゴ近くの海岸沿いの道で、罠にはまった。30年間恐怖政治を敷いた「祖国の恩人」は至近距離から撃たれて死んだ。
© Süddeutsche Zeitung/Rue des Archives

5　トゥルヒーリョ、熱帯のカエサル

三〇年間の独裁政治の後、「ヤギ」とよばれたトゥルヒーリョは政治の舞台から消えた。登場したときと同じように、暴力によって。今日では忘れられた存在だが、彼の残酷さと誇大妄想癖は何人かの独裁者に影響をあたえた。

一九六一年五月三〇日二二時、ドミニカ共和国のサント＝ドミンゴ。海岸沿いの道で、二台の車が猛スピードでカーチェイスをくりひろげていた。先行する車――黒塗りの重厚なシボレー・ベル・エアーだった――に乗っているのは、三一年間この国で独裁を続けてきた六九歳のラファエル・レオニダス・トゥルヒーリョだった。後を追う車には、この国の将来のため、いかなる危険もいとわぬ覚悟で陰謀にのりだした四人の男が乗っていた。この日の夜、トゥルヒーリョの車はたまたま護衛をつけていなかった。

ぎりぎりのせりあいだった。追跡車がすばやくトゥルヒーリョの車に追いついた。二二時二〇分、銃撃戦がはじまった。一斉射撃を受けたトゥルヒーリョのシボレーはとうとう停車した。一対四の勝負となった運転手兼ボディガードのサカリアスは、車から降りて必死で防戦したが、負傷して植えこみの陰に隠れた。トゥルヒーリョは脇腹を撃たれ、かろうじて車から離れたところで倒れた。反トゥルヒーリョ派の筆頭アントニオ・デ・ラ・マサが飛びつくと、トゥルヒーリョは血走った目を痙攣させ、目の前で死んだ。予測と大違いで、トゥルヒーリョは自分の三八口径ピストルで撃ち返すことすらできなかったらしい。三〇年間恐怖政治を敷いたドミニカ共和国軍の「最高司令官」にしてはみじめな最期だった。

「最高司令官、博士、ドミニカ共和国大統領、祖国の恩人、共和国の経済的独立回復者ラファエル・レオニダス・トゥルヒーリョ・モリナ閣下」――本人の前では大声でこう叫ばねばならなかった――はアメリカが一年以上前からしかけていた罠にはまって死んだ。

アメリカはカリブ諸島のはみ出し者トゥルヒーリョを決して許そうとしなかった。チボ（「ヤギ」すなわちトゥルヒーリョ）はアメリカから轟々たる非難を浴びた茶番の独裁者だ。いやむしろ、悲劇の立役者だった。その後他国（ウガンダ、トーゴ、中央アフリカ共和国、北朝鮮）で権力をにぎった者たちは、判で押したようにトゥルヒーリョ流統治を行なった。キューバのバティスタやアルゼンチンのペロンといった近隣諸国の独裁者も、彼より先に失脚したものの、愚かしいほど彼をまねようとした。

太る一方らしいずんぐりした体型、白人と黒人の混血《ムラート》であることを隠すために白粉を塗った顔。トゥルヒーリョの奇妙な四角いチョビ髭は、尊大につき出した顎に似あうように見え、のちに有名になった。トゥルヒーリョはよく三角帽をかぶっており、最高司令官の軍服を窮屈そうに着ていた。異様なほどの虚栄心にあおられて集めた装飾品は、多すぎてすべて身につける余地がなかった。汗をおさえるため、子どものように頭からつま先までタルカムパウダーをはたいていた。友人フランコから「遍歴騎士《パラダン》」とあだ名をつけられたトゥルヒーリョは、手を胸にあて最敬礼すべき存在であり、つねに感情を表に出さず、相手が血の凍る思いをするほど冷たい雰囲気をただよわせた。

トゥルヒーリョは社会的報復と評価へのあくなき欲望につき動かされていた。彼の伝記を書いたローレンス・デ・ベサウルトが、権力への欲望が芽生えたのは何歳のときかたずねると、トゥルヒーリョは答えた。

「物心ついたときからだね！」

「権力を手に入れようとはっきり決心したのはいつですか」

「そう思うようになった日からだよ」

電報局職員から不良少年になり下がった後、トゥルヒーリョはサトウキビ農園の管理人になった。彼はそこで富を維持するために秩序と暴力を用いることを学んだ。しかし、トゥルヒーリョの人生を決定的に変えた事件は、一九一六年のアメリカ海兵隊のドミニカ上陸だった。国家警備隊の兵士となったトゥルヒーリョは、熱心な「協力者」としてふるまい、アメリカの占領に抵抗するドミニカ人の同胞に対してはとくに容赦しなかった。そうした行ないがアメリカ人の目にとまり、新たな国軍となりつつあった警備隊で着々と昇進していった。アメリカ軍のもとで積んだ訓練はトゥルヒーリョのその後の人生に大きな影響をあたえた。アメリカ式効率主義にかぶれた彼はアメリカを第二の祖国と思うようになった。陣地のすみずみまで規律が徹底されていることに感動を覚えた。のちにトゥルヒーリョの協力者たちは、彼が衛生と秩序に異様にこだわっていたと口をそろえた。執務室はちり一つなく、書類はきちんと整理されていなければならなかった。彼の強迫観念的こだわりは国中に浸透し、わずかでも手抜かりがあれば制裁をくわえられた。ドミニカ共和国を、みずから指揮する巨大な陣営に変える夢はこの時期に生まれた。

一九二四年にサント＝ドミンゴから軍を引き揚げたとき、アメリカは保守派のオラシオ・バスケスに大統領職を、新将軍ラファエル・レオニダス・トゥルヒーリョに軍隊をゆだねた。それは、組織という果実に巣くう虫をわざわざ選んだようなものだった。

六年後の一九三〇年、組織はもはやくいつくされようとしていた。トゥルヒーリョはクーデターに成功した。バスケスが失脚してもトゥルヒーリョは救おうとしなかった。それどころかトゥルヒーリョは、分裂した自由主義政党から唯一の候補者として指名された。田舎者で無教養とはいえ、トゥルヒーリョ将軍はこのまま地位を保つだろうと思われたのだ。

大統領選がはじまり将軍の威光がものをいうとなると、トゥルヒーリョは突然目の色を変えた。周囲に恐怖をあたえ、司令部とした建物の番号と同じに四二とよばれた残虐な武装集団を陰であやつった。彼らは反対派を狙って車から機銃掃射を浴びせた。政府の要人の死体がいくつもサント＝ドミンゴの街路に放置され、犠牲者はおよそ一〇〇人を数えた。

暴虐な事件の張本人であるにもかかわらず、一九三〇年五月一六日、トゥルヒーリョは共和国大統領に選出された。得票数は投票者数を上まわっていた。アメリカの代表チャールズ・B・カーティスは、既成事実を前にして「選挙が公正なものであったかどうか、これ以上の注釈をする必要はあまりない」、と冷ややかな皮肉をこめて述べた。アメリカは事態を認めさせられたくなかったが、記憶にはとどめておいた。

ホアキン・バラゲールは体制に忠実で慎重な人物で、のちに後を継いだ。ほかの部下と同様公衆の面前でよくトゥルヒーリョから侮辱を受けたが、その彼が当時書いている。「一九三〇年、ドミニカ共和国民は神のご加護を受けるだけではなく、定められた運命であるかのように、トゥルヒーリョの僥倖の手にもゆだねられた。そのとき、輝かしい客観的事実が伝説の驚異をしのいだように思われた」

大統領の座についてから「僥倖の手」が活躍したのはわずか一七日間だった。トゥルヒーリョは敵と疑われる者を徹底的に、ときにはナイフで殺していった。一九三〇年九月三日に台風に襲われたことに乗じ、反対派の遺体を国中あちこちに放置し、自然災害の犠牲者であるように見せかけた。自由主義指導者のデシデリオ・アリアスも殺されたうちの一人だった。トゥルヒーリョは社交パーティの席で、ローマの君主のように、アリアスの首を袋に入れてもってこさせた。世界中で親しまれるマンガ『タンタンの冒険』のタピオカ将軍もどきだった彼が、シェークスピアのリア王のように頑迷な暴君に変貌した。ドミニカ共和国は外界に背を向けた。

トゥルヒーリョが奪いとった公式の称号をすべてあげれば一〇分はたっぷりかかる。一九五二年、アイゼンハワーはトゥルヒーリョを国連に迎え、その被害にあった。アイゼンハワーがトゥルヒーリョにあたえた時間も一〇分だった。当然紹介者はまず、彼の称号をいちいちならべたてた。イライラするほど長い紹介が終わるや、アイゼンハワーは立ち上がって言った。「一〇分が経過しました。申し訳ないが、会見は終了します」

トゥルヒーリョはありとあらゆる勲章も集めた。その数なんと二四か国から四三個である。彼が率いる単独政党は、頭文字R（ラファエル）L（レオニダス）T（トゥルヒーリヨ）M（モリナ）からとった「公正（Rectitud）、自由（Libertad）、労働（Trabajo）、道徳（Moralidad）」なる標語を掲げており、ドミニカのすべての就労者が加入しなければならなかった。その党をうしろだてに、トゥルヒーリョは国民の生活のあらゆる領域に介入する軍隊の最高司令官になった。

馬にまたがって行進しながら退屈きわまる「閲兵」をしたり、凱旋門から見下ろしたりするトゥルヒーリョは、カエサルのひそみにならい、厚顔無恥をいいことに、ドミニカ共和国のうわべをごてごてに飾りたてた。大統領職にあったのは一八年間だけだったが、その後継者たちは、彼が入念に権力の委譲を指図し、裏であやつる替え玉だった。トゥルヒーリョが裏口からふたたび大統領府にまいもどるのに時間はかからなかった。大統領府はもはや有名無実化し、議員たちは全員、日付のない辞表に署名し、あとはトゥルヒーリョの意のままだった。トゥルヒーリョが何もかも決定し、国はすっかり変わり、ほとんどすべてに彼の名がつき、すべてが彼の支配下となった。トゥルヒーリョの像が一八七〇も建てられ、首都サント＝ドミンゴは「トゥルヒーリョ市」と改称された。

「祖国の恩人」トゥルヒーリョは、何千人という子どもの名づけ親になった。一〇〇ドルとひきかえに、母親たちが列をなして子どもをつれてきた。彼はみずからをイエス・キリストにたとえる一人芝居をつねに演じた。政権をにぎった日を起点にしたカレンダーを作った。一年はトゥルヒーリョとその一族を中心に祝日が組まれた。トゥルヒーリョ一族はまたたくまにドミニカ随一の大地主になった。トゥルヒーリョ大統領の個人資産はドミニカの国家予算を上まわった。

あるときトゥルヒーリョは移動の途中で、見事な農園に目をとめた。値段の交渉に行かせた副官は、戻ってきたもののおちつかないようすだった。

「どうなんだ、売りたくないというのか」

「それがよくわかりません」、と口ごもりながら副官は言った。「将軍閣下、あなたが地主だと言うものですから」

あらゆることに、見事な技ともいうべき監視と抑圧がついてまわった。007の映画の悪役を思わせるような名前――「カミソリ」ことアルトゥロ・エスパイリャとジョニー・アッベス――の、信念とも規範とも縁のない男たちが支配するSIM（軍事情報機関）は、敵を打ちのめす機械だった。せいぜい二〇〇万人程度の国民に対し、一〇万人の諜報員を擁するＳＩＭは、無数にはびこるフォルクスワーゲンの黒いビートルがシンボルだった。車のなかには完全武装した男たちが乗っており、四六時中くまなく国を巡回し、逮捕はおろか発砲すらためらわなかった。その場で殺されなかった者は、むしろ運が悪かったというべきで、四〇あるいはラ・ヴィクトリアなる暗い牢獄に監禁され、ありとあらゆる拷問を受けた。

マリオ・バルガス＝リョサはその壮大な小説『チボの狂宴』で、トゥルヒーリョの独裁政治を終始描いているが、「ラ・ヴィクトリア」の下は入り江になっており、サメが数匹つねにいて、身をさいなむ拷問のおこぼれにあずかっていたという。ジョニー・アッベスとその一味の手に落ちた者たちの血まみれになった無残な体は、半死の状態で崖から落とされた。もう一人の南米の大作家、ガブリエル・ガルシア・マルケスは、『族長の秋』で数行ながらトゥルヒーリョを酷評している。「彼は書類に拇印を押すだけであらゆる法令や命令に署名した。当時読み書きができなかったからだ。しかし、彼がふたたび祖国と権力を独占することになったとき、ばかばかしい法律文書などに気をとられるのはまっぴらだと思い、いかなる時と場所でもみずから口頭で命令をくだすことにした。大勢のハンセン病患者、目の見えぬ者、半身不随の者が彼のまわりにつきまとった。教養ある政治家や厚顔無恥なおべっか使いが、彼のことを地震、日食月食、閏年、その他神の計算違いを統べる偉大な指導者とよんでとり囲んだ」

しかしながら権勢をふるっていたトゥルヒーリョは、最初の重大な過ちを犯した。世界は彼のよかった頃を思い起こすことになる。

一九三八年一〇月二日、三日、五日、国境付近に住むすくなくとも一二〇〇〇人のハイチ人がドミニカの農民に虐殺された。ドミニカ側には軍も加勢した。トゥルヒーリョはつねづねドミニカから黒人を一掃することを主張していた。作家ジャン・コーはそのたくましい想像力を駆使した『トロピカナス（Tropicanas）』という小説に政権衰退期のトゥルヒーリョの姿を描いた。「瀕死の黒人が台にのせられた。問題中の問題といわれたやつだ。すぐに殺された。えいやっ、とばかりに。〔…〕もう問題なし！」。そこにアメリカが介入し、アメリカの世論は嫌悪感をいだきながらトゥルヒーリョを知った。

第二次世界大戦によってトゥルヒーリョは一度救われている。一九四一年の真珠湾攻撃があってまもなく、彼はアメリカ側についた。ルーズヴェルトは味方が増えたことを喜んだが、だまされはしなかった。トゥルヒーリョは、ドイツの潜水艦がドミニカの湾に停泊するかもしれないとほのめかしていたからだ。

冷戦でさらに勢いを増したトゥルヒーリョは、政権発足二五周年を迎え、国家予算の三分の一をついやし、とんでもなく派手な祝宴を行なった。しかし、一九五六年にはじまる二超大国間の緊張緩和により、傀儡トゥルヒーリョの立場はあやうくなった。アメリカ国務省は国防総省《ペンタゴン》に一歩先んじた。アメリカのメディア、反トゥルヒーリョ運動家、知識人たちは反対の声を上げつづけた。一九五五年から、中南米の独裁政権が次々と崩壊した。この年にアルゼンチンのペロン、一九五九年にキューバのバティスタが失脚した。周辺国の暴君たちはこぞってこの最後の楽園サント＝ドミンゴに亡命した。サント＝ドミンゴは失墜し復讐に燃える中南米の独裁者たちの自然な溜まり場となった。とはいえトゥルヒーリョは、彼らを受け入れるかわりに法外な謝礼をもぎとった。バティスタの失脚にトゥルヒーリョは震えあがり、それ以来慢性的尿失禁に悩まされるようになり、一日に何度か軍服を着替えねばならなかった。

買収工作を駆使し、外国の政治家と外交官のベッドに娼婦をあてがうトゥルヒーリョ流外交政策は、手痛い失敗に終わった。トゥルヒーリョは国際世論の怒りを静めることができなかった。世界はトゥルヒーリョの一挙一動に厳しい目を向け、一九六〇年六月二四日に起きたベネズエラ大統領ロムロ・ベタンクールの暗殺未遂事件、ニューヨーク市中で起きたバスク系反政府派ヘスス・デ・ガリンデスの誘拐事件に対し非難を一斉に浴びせた。みずからのかけひきの「役立たず」ぶりにトゥルヒーリョはいらだった。とはいえ彼はお粗末な手の内ながら切り札をもっていた。民主主義者たちをさんざん騒がせたスター外交官、駐仏ドミニカ大使のポルフィリオ・ルビロサであった。

「愛人二〇〇〇人の男」、名前をもじって「ポルフィル・ルージュ・ローズ《赤とピンクの斑岩》」(ヨーロッパの庭に投げこまれた火山岩)とよばれた、筋金入りの道楽者のルビロサは、欧米、および彼が友だちと称する若きケネディ大統領の度肝を抜くような働きをしてくれてもよかったのだ。トゥルヒーリョが「大事なルビ」とよぶこの外交官は、戦前からすでにコクトーを夢中にさせていた。ドイツ占領下のパリで、ジャンゴ・ラインハルトやエディ・バークレー、そして妻のダニエル・ダリューとともに、大使ならではの派手な遊びに明けくれた。ルビロサはアメリカの億万長者から金をしぼりとり、ハリウッドスターを大勢愛人にした。

彼らにしてもこのエキゾティックな美男に喜んでくいつかれる始末だった。ルビロサは結局、トゥルヒーリョのドラ息子、ラムフィスをひきつれて、国家予算を湯水のごとく使った似非外交官にすぎなかった。稀代のプレイボーイとされたルビロサがトゥルヒーリョのためにしたことといえば、フランスではいくつかの勲章を勝ちとり、スペインではフランコとの友好関係を新たにしたことだけだった。

うわべだけの外交はいきづまり、トゥルヒーリョは歴史の流れに逆らえなくなった。一九六一年、ケネディはトゥルヒーリョ打倒計画にゴーサインを出した。アメリカはダブル攻撃を想定した。キューバのフィデル・カストロを排除し、サント＝ドミンゴのいまいましい独裁者を始末するのだ。ヘンリー・ディアボーン領事が陰謀をとりしきった。トゥルヒーリョは、辞任するくらいなら死んだほうがましだと言った。ディアボーンは正攻法をとるつもりはなかった。トゥルヒーリョは抹殺すべきだった。「ドラキュラを思い出せ。犯罪をやめさせるにはやつの心臓にナイフをつき刺す必要があったのだ」。ディアボーンは陰謀に選り抜きのメンバーを新たに投入した。国のナンバースリーでトゥルヒーリョの側近、彼の姪の夫でもある「プポ」ことロマン将軍である。

準備はすべて整った。しかし一九六一年四月一七日、在米亡命キューバ人部隊がキューバのピッグス（コチノス）湾プラヤ・ヒロンへの上陸にあえなく失敗し、ケネディは怖気づいた。この急襲計画にアメリカがくわわっていたことをしぶしぶ認めたものの、またさらに失敗を重ねるリスクを負うことなどとうていむりだった。作戦撤回となり、トゥルヒーリョは命びろいしたかに思われた。だが武器をそろえた陰謀加担者たちの決意は固かった。

五月三〇日の夜が好都合だったが、最後まで不安はぬぐえなかった。トゥルヒーリョは、その日の朝の訪問の際きちんと敬意を示さなかった将校に襟を正させるため、サン・イシドロ基地に向かっていたが、神経質な彼は経路を変えた。数時間後、デ・ラ・マサは作戦開始の暗号文を受けとった。「技師が今夜森の話をするため会いに来る」。トゥルヒーリョの車のことだった。彼はたしかに乗っており、しかも護衛はいない…

トゥルヒーリョが殺されると、陰謀は古典的悲劇の様相を呈した。二つのささいな出来事が最初の計画を狂わせた。一つめは、ロマン将軍にトゥルヒーリョの死亡を伝えに来たのがエスパイリャ元ＳＩＭ（軍事情報機関）長官だったことだ。ロマン将軍はエスパイリャの顔を見て震えあがり、陰謀が暴かれたのだと思った。二つめはトゥルヒーリョの運転手サカリアスが襲撃の際に殺されず、よく知った犯人の特徴をSIMに知らせることができたことである。

厳しい弾圧が行なわれたが、共謀者のなかには必死で抵抗した者もいた。ロマン将軍は身ぐるみをはがされ、打ちのめされ、目をくりぬかれ、尿道に電気ショックをあたえられ、血まみれになりながら赤蟻のベッドに寝かされた。その間にトゥルヒーリョの息子ラムフィスはルビロサといっしょにドミニカに帰り、ロマンを標的にしてとどめを刺した。

サント＝ドミンゴを脱出する際、ラムフィスはトゥルヒーリョの棺を利用し、一族の財産の一部をしのばせた。アメリカ海軍にとがめられ財産を横取りされた後、トゥルヒーリョの遺体はオルリー空港に着き、数日間税関にとめ置かれた。遺体はペール・ラシェーズ墓地に埋葬された。大きな黒い墓標には金色でTの文字が彫られている。トゥルヒーリョはフランスのこの墓地に眠っている。フランコ将軍のスペインに続き、彼に対する真の寛大さを示したヨーロッパのこの国に。

今日、サント＝ドミンゴに「ヤギ」の独裁政治のつめ跡は見あたらない。「祖国の恩人」トゥルヒーリョの記憶をすてさることで、民主主義への長い道のりは開かれた。暴君が絶対的権力をふるった三一年という年月を思い出させる、いかなる通りも標識も聖域も存在しない。歴史のページはみごとにめくられ、いまわしい時代の名残は何一つない。多分、サント＝ドミンゴのレストランのテーブルにいまも置かれている、いやに大きいペッパーミル以外は。それは「ルビロサ」といまだによばれている。

グザヴィエ・ド・マルシ

〈参考文献〉

Lauro Capdevila, *La Dictature de Trujillo*, Paris, L'Harmattan, 1998.

Arturo Espaillat, *Les Dessous d'une dictature*, Paris, Calmann-Levy, 1966.

Jesus de Galindez, *L'Ere de Trujillo*, Paris, Gallimard, 1962.

Gabriel García Márquez, *L'Automne du Patriarche*, Paris, Livre de poche, 1982.（ガブリエル・ガルシア＝マルケス『族長の秋』、鼓直訳、集英社、一九八三年）

Elena de la Souchère, *Crime à Saint-Domingue*, Paris, Albin Michel, 1972.

Mario Vargas Llosa, *La Fête au Bouc*, Paris, Gallimard. 2002.（マリオ・バルガス＝リョサ『チボの狂宴』、八重樫克彦・八重樫由貴子訳、作品社、二〇一一年）

ルビロサ関係図書

Pierre Delannoy, Just a Gigolo, Paris, Olivier Orban, 1987.

1963年6月11日、仏僧ティック・クアン・ドックが焼身自殺をとげた写真は世界中に広まり、南ベトナム大統領に対する強い国際的非難をよび起こした。ジエムが命じた流血の仏教徒弾圧に対する抗議だった。クーデターの後、ジエムは1963年11月2日に殺害された。

6　ゴ・ディン・ジエム、「自己流愛国」大統領の死

アジアの共産主義化を阻止しようとするアメリカの盾の役割を果たした南ベトナム大統領は、またたくまにやっかいな同盟国、さらには招かれざる客となった。一九六三年秋、アメリカがジエムを見すてたことは想定外の結果をもたらした。南ベトナム政体の崩壊が早まり、内戦が深刻化したのである。

一九六三年一〇月三〇日午後、信仰心の篤いカトリック教徒であるベトナム共和国初代大統領ゴ・ディン・ジエムは、相談役のレイモン・ド・イエガー神父を嘉隆宮《ザーロン》に招いた。国が危殆に瀕していることを思いのままに話しながら、おそらくジエムはいつになく胸の

内を明かした。サイゴンでは陰謀が渦巻き、悪夢のような日々だった。一九五四年のインドシナ戦争終結以来、強権支配を行なってきたが、ここ数か月のあいだに南ベトナムで起きたさまざまな事件は身にこたえた。これほど収拾がつかない事態ははじめてであり、ジエム自身、自信を失っていた。実弟ゴ・ディン・ヌー大統領顧問の忠誠も疑わしく思え、裏切ろうとしているのではないかと勘ぐった。軍の兵士たちがアメリカの支援を受けて反乱をあおっているという報告が情報機関から上がっていた。配下の兵士たちはどこまで裏切ろうというのだ？　アメリカはどこまでかかわっているのか？　気位が高く融通のきかないジエムはにっちもさっちもいかなくなっていた。とはいえ、希望的観測がいくぶん彼の不安をやわらげた。五月にフエで起こった仏教徒の反乱が、夏のあいだ国中に波及したものの、ようやくおさまりつつあったからだ。仏教連合委員会の責任者との交渉が復活した。ヌーが、南ベトナム仏教界の最高指導者である高僧ティック・ティン・キェットを訪ねることになった。ジエムも全般的な大赦を検討した。辣腕のアメリカ大使ヘンリー・カボット・ロッジが甘言を弄した結果、ジエムはアメリカに対していくぶんおちついた態度を見せた。ジエムは、アメリカが派遣し、ジエム政権を維持する目的で配属した特殊部隊の人員三〇〇〇人の解任を承諾した。アメリカ政府は特殊部隊の武力が敵に対して有効に行使されない場合、撤退させると警告していた。ジエム寄りすぎるといわれた大使の後任としてケネディが任命したロッジが、クーデター計画を黙認していたことをジエムは知らなかった。いや知らぬふりをしていたのかもしれない。ベトナム国軍の幹部たちは数か月も前からクーデターをもくろんでいた。

一一月一日朝、今度は兄ジエムの黒幕といわれたゴ・ディン・ヌーが、一家と近しいあるフランス人に腹を割って話をした。ヌーはそれが、西側の人間と話す最後の機会になろうとは思いもしなかった。ヌーは兄ジエムほど悲観主義者ではなかったが、現実主義者でもなかった。アメリカがわざと事態を混乱させているとしかヌーには思えなかった。ジエムも自分も、アメリカの手先となるつもりはさらさらなかったし、アメリカが押しつけようとする原理に従うのではなく自主的に南ベトナムを統治しようとしていた。ヌーは南ベトナム軍が「ベトコン」にかけた攻撃が成功すると期待し、ホー・チ・ミンが率いる北緯一七度線以北のベトナム民主共和国に対し、強い立場で交渉できるだろうと思っていた。先々の交渉に向けての接触が直接行なわれたとヌーは確言した。中国にもアメリカにも干渉されず、ベトナム人同士で和解しあうことの利点を北ベトナムに理解させねばならなかった。スタンドプレーをかけ、ここいちばんの勝負に出たヌーは自分の策略を過大評価していた。彼は自分の練ったシナリオがかならず実現できると信じたが、あちこちであらぬ噂が立ち、アメリカは彼への疑惑を強めた。しかしながら、相談相手のフランス人に対し、ヌーはおちついて信頼しきったようすだった。いつもの習慣で煙草を吸いお茶を飲んだ。打ち解けた会話に、ただならぬ中断が入った。何度も電話が鳴り、部下たちが額をよせあい、廊下でひそひそ話す声がした。四〇分後、一人のベトナム人の大佐が突然執務室に入ってきた。ヌーはさえぎりもせず彼の話を聞くと、静かに立ち上がり、フランス人と握手しながら言った。「大事なときをご一緒しました。膿を出しきるときが来たのです。アメリカは本心をのぞかせようとしています。われわれに軍隊をさしむけようとあおっています。これは暴動になるかもしれません。（…）ホテルに戻って明日まで外に出ないほうがいいですよ。ひと騒動ありそうですから。また火曜日にお会いしましょう」

兄弟がそれぞれもった二つの会話は、フランスの防諜機関が情報を入手したものだが、ジエムとヌーがいかに孤立を深めていたかを物語る。しかし、二人がともにアメリカという「保護者」にこだわり、結果的にそれが命とりになったことも示している。アメリカの支援は死活問題だった。ゴ兄弟と十年来の支援者アメリカの仲は、もはや決裂したかに思われた。一九五七年ワシントンで、アイゼンハワー大統領がジエムを赤い絨毯で出迎えたことはまだ記憶に新しかった。一九六一年には、ジョンソン副大統領が彼を公然と「東南アジアのウィンストン・チャーチル」とよんだものだ。さして本気でもなくほかにおよびようがなかったからだが。冷戦のなか、南ベトナムという反共産主義の拠点を確保することは至上課題であり、アメリカはあの手この手でおだて上げた…

ジエムはロッジ大使に二度と会うことはなかった。弟ヌーもフランス人の相談相手とはそれきりになった。何度か延期されたものの、クーデターは実行されたのである。仏教徒であり、若いベトナム軍内の尊敬を一身に集めたズオン・バン・ミン将軍が先陣を切った。一九五四年から一九六二年まで、ジエム政権転覆の試みは、ときには間一髪だったにせよすべて失敗に終わっていた。しかし、陰謀加担者が相談した占星術師によれば一九六三年一一月一日は吉日だった。この陰謀がじつはどれほどのものなのか、ジエムとヌーはあきらかにわかっていなかった。時間稼ぎをし、交渉し、特殊部隊に救援を求めることがまだ可能だと二人は思っていた。野心的なトン・タット・ディン将軍はサイゴン駐留の第三部隊の司令官だったが、ヌーと懇意だと思われていた。その彼が陰謀を計画した張本人の一人であり、依然親ジエム派だった部隊を無力化していたことなど、ゴ兄弟は疑いもしなかった。ジエムは官邸にこもり、ロッジと電話で最後の会話をした。ロッジは身の安全を気にかけながらも、この事態における自分とケネディ政府の責任についてはうまく言いのがれた。将軍たちがジエムに辞職するようよびかけ、弟ヌーとともに彼らの要求に屈するよううながした。ジエムが承諾しなかったため、彼らは二一時に官邸への襲撃を命じた。官邸を防衛するのはもはや大統領警備の三大隊と一機甲中隊のみだった。証言によると、あるアメリカ将校がみずから攻撃部隊を配備したという——それはとくに精力的なフランス系CIA要員、ルシアン・コネインだったかもしれない。追いつめられたジエムとヌーは予想だにせぬ砲撃を受け、フィン・バン・カオ将軍に会えることに一縷の望みをかけて、秘密の地下通路から官邸を抜け出した。しかしカオ将軍は謀反者たちによって足止めをくらっていた。そこでジエムとヌーは、サイゴンの中華街チョロンにいる中国系修道院長のもとに避難した。ジエムは、米を積む小型船で逃亡してはどうかという院長の提案を断わり、国を混乱と内戦状態におとしいれないため、戦いを止めたいと言ったらしい。いずれにせよ事態は深刻であり、ほかに選択肢はほとんどなかった。一一月二日早朝、ゴ兄弟は聖フランシスコ＝ザビエル教会に行って告解と聖体拝領をすませ、黙想した。そのあいだに、大統領官邸は若手大佐グエン・バン・チュー率いる第五歩兵師団の攻撃にさらされた。チューはその後最高権力者の地位に上りつめた人物である。知らせを聞いたジエムは司祭館から電話し、亡命の可能性を斥け、屈服を承諾すると伝えた。まもなく、ジエムとヌーを軍司令部に連行するための輸送隊が派遣された。

移動中に突如として事態が一変した。ヌーとミン将軍の副官グエン・バン・ニュンが激しい口論をしたと思われ、そのあげくにヌー、そしてジエムまでもが殺された。詳細については、ヌーの身体のナイフの刺し痕の数と同じくらい、さまざまな説があるが、一つだけ確かなことがある。家族という聖なる価値がこの兄弟を包みこみ、二人は流血の惨事による死をもって和解したことだ。この殺人は計画的なものだったのだろうか。共謀者たちはのちに否認にまわったが、完全な証拠はなかった。陰謀に加担した将校たちは皆、ジエムとヌーのお蔭で称号、名誉、昇進、富を得ていた。裁判では、ジエム政権がはびこらせた悪習とされる、権威主義、汚職、同族登用、派閥主義に対する彼ら自身の責任が、詳細に明らかにされたと思われる。

こうして独裁体制の九年間は、四面楚歌になりつつあった大統領が殺されることにより終わりを告げた。とはいえホー・チ・ミンはジエムを「自己流愛国者」だと言った。欠点は多かったにせよ、ホー・チ・ミンと同様、不屈の愛国心と独立心をジエムももちあわせていたからだ。

ジエム大統領就任には一部のフランスの大物が重要な役割を果たしていたが、アメリカの標的になる前に、ジエム政権はその発足時から、まだどこでも健在だったフランス外交団に問題視されていた。ジエムはフランス政府と、アイゼンハワー大統領がサイゴンに送った特使コリンズ将軍から見放されたものの、一九五五年春、間一髪で救われた。アメリカ国務長官ジョン・フォスター・ダレスの懐に飛びこみ、変わらぬ支援を得たのである。

ヌーが創設した人位勤労革命党、通称「カンラオ」が陰で独裁性と縁故主義を助長したことにより、ジエム政権は一挙に国民の支持を失った。警察による取り締まりを徐々に強める一方で、軍事、経済、社会の状況を改善できなかったジエムはイメージを落とし、激しい反発をまねいた。決定的だったのは「ベトコン」問題である。ベトコンとは、（非共産系の者もいたのだが）南ベトナムの共産主義者を意味し、アメリカとベトナム側が用いた蔑称であった。彼らは一九六〇年一二月に南ベトナム解放民族戦線（ＮＬＦ）を結成した。ＮＬＦは一九五九年以降、北ベトナムから軍事援助を受けていた。北ベトナム当局は、南部での組織拡大を推進していたレ・ズアンの強い要請を受け、援助を承諾していた。ジエム政権は仏教徒の反発の激化からもダメージを受けた。南ベトナムの少数派であるカトリックが唯一の社会的上層部として極度に優遇されていることに対し、仏教徒は政府に迫害されていると激しく抗議した。ゴ兄弟にとって命とりとなった事件は、一九六三年五月三日にフエで起きた。政府が禁止したにもかかわらず、僧たちが祭礼の行列で信徒に仏教旗を掲げさせたことがきっかけで流血の弾圧が起きたのである。子ども七人をふくめた九人の死者が出た。仏教徒の抗議運動はまたたくまに国中に広がった。六月一一日、サイゴンで仏僧ティック・クアン・ドックが焼身自殺をとげた写真は世界中をかけめぐり、ジエムに対する強い国際的非難をよび起こした。しかし、危機はそれにとどまらなかった。ヌーは八月二一日、南ベトナムの主要都市の仏教寺院を襲撃するよう特殊部隊に命じた。この結果、数人の僧が落命し、数千人が逮捕された。この豹変ぶりにくわえ、ヌーが虐殺の責任を正規軍になすりつけたことがきっかけとなり、トン・タット・ディン将軍は態度をひるがえしてクーデターに加担した。またアメリカは、ジエム政権に自由化の兆しがなく、共産主義との戦いにも成果がみられないことに業をにやし、仏教徒危機を公然と口実にして対処することになる。

一九六三年八月二四日土曜、国務省の中心人物からなる少数グループが、最後通牒という形で極秘電報を打った。それはジエムにゆさぶりをかけ、ヌーの力を削ぎ、ゴ兄弟の強権政治と南ベトナムの軍事戦略に反対する将軍らのグループを鼓舞する内容だった。ロッジは現状打開策についてジエムに助言し、批判が集中している弟ヌーを辞任させ、仏教徒に譲歩することを勧めるように、とあった。さもなければ、アメリカはジエム政権への支援を打ちきると軍の幹部に警告したらしい。ホワイトハウスによるクーデターへのゴーサインとのちに解釈されたこの電報が用意されたとき、ケネディ大統領と重要な側近たち――マクジョージ・バンディ国家安全保障担当大統領補佐官、ロバート・マクナマラ国防長官、ディーン・ラスク国務長官、ジョン・マコーンCIA長官――は、ワシントンにいなかった。アメリカの高官の多くは即座にこの電報に対し批判と不満をぶつけた。マコーンやリンドン・ジョンソンをはじめ、高官たちは、ジエムにとって信頼のおける選択肢がまったくないと思った。政府内の分裂を制御できず、ベトナムへの内政干渉拡大に歯止めをかけることもできなかったケネディは、思いもよらぬジエムの追悼演説を一一月四日に行ない、後悔と危惧をにじませた。「八月二四日に打った電報であのクーデターを示唆したことをふくめ、われわれの責任は重いのです。あの文面は十分練られたものではなく、土曜日に送られるべきではありませんでした。ゴ・ディン・ジエムが亡くなったことにわたしは衝撃を受けました。ダグラス判事とともに彼に会ったのは何年も前のことです。まれに見る立派な人物でした。ここ数か月は、窮地に立たされましたが、一〇年間にわたって国の統一を維持しました。将軍たちは団結を保ち、安定した政権を樹立することができるでしょうか。あるいは、世論がサイゴンにふたたび目を向けることはあるのでしょうか」

ケネディはこの問いに対する答えを知ることはなかった。一一月二二日、今度は彼がダラスで暗殺されたからである。悪いことは重なるもので、その二日後、暗殺の容疑者リー・オズワルドは殺され、ゴ兄弟を殺した二人のうちの一人であるニュンが一九六四年一月に謎の死をとげた…

一九六三年一一月一日のクーデターによって南ベトナムの政治および社会はますます不安定になり、ジョン・マコーンがいみじくも予言していたとおり、クーデターが次々に起こった。ジョンソンが大統領に就任した後、アメリカはベトナム戦争への軍事介入を拡大した。ドゴールはそれとなく牽制を試みたものの失敗し、公然と反対を唱えることになる。ベトナムの米作農民にとっては、ゴ兄弟の死に期待がふくらんだものの、強く願った平和は結局遠ざかってしまった。彼らにしてみれば、めでたい日が不吉な日になったのだ。

ピエール・ジュルヌ

〈参考文献〉

Philipp E. Catton, *Diem's Final Failure : Prelude to America's War in Vietnam*, Lawrence, University

Press of Kansas, 2003.

Philippe Devillers et Jean Lacouture, *Vietnam, de la guerre française à la guerre américaine*, Paris, Seuil, 1969.

Bernard Fall, *Les Deux Vietnam*, Paris, Payot, 1962.

Howard Jones, *Death of a Generation. How the Assassinations of Diem and JFK Prolonged the Vietnam War*, New York, Oxford University Press, 2003.

Pierre Journoud, *De Gaulle et le Vietnam* (*1945–1969*). *La réconciliation*, Paris, Tallandier, 2011.

John Prados, *Lost Crusader : The Secret Wars of CIA Director William Colby*, New York, Oxford University Press, 2002.

John Prados, «JFK and the Diem Coup», *NSA*, 5 novembre 2003 (http://www.gdw.edu/~nsarchiv/NSAEBB/NSAEBB101/index2.htm).

1960年代末のハイチ大統領フランソワ・デュヴァリエ「パパ・ドク」と息子ジャン=クロード「ベベ・ドク」。フランソワ・デュヴァリエは1971年に死去した。後継者の息子は1985年政権の座を追われた。

7　パパ・ドクの静かな死

「パパ・ドク」ことフランソワ・デュヴァリエは、「黒人主義《ノワリスム》」とブードゥー教を基盤として貧しい島国ハイチに一四年間圧政を敷き、一九七一年に死去した。親衛隊のトントン・マクート（秘密警察員）を味方につけて。

天の怒りか？　一七七一年四月二四日、日本の琉球に巨大な津波がおしよせた。その二〇〇年後の同日、ワシントンとサンフランシスコでは、人間的で平和主義的な別の大きな波が起き、アメリカ陸軍のベトナム戦争介入を激しく非難するデモ行進がくりひろげられた。当時、ホワイトハウスにはリチャード・ニクソン、エリゼ宮にはジョルジュ・ポンピドゥーがいた。バングラデシュは戦争に突入していた。しかしこの土曜日、ポルトープランスでは、内側に柔らかい布を張った冷蔵の棺と、そのガラス板の下で、白い十字架の上に手を組んで横たわる盛装した人物に人々の注目が集まっていた。ここハイチで、フランソワ・デュヴァリエこと「パパ・ドク」の葬儀がはじまろうとしていた。このずんぐりした暴君は、カリブ海の貧しい島の三分の一を一四年間強権的に支配し、二日前に死亡した。服喪用の黒いスカーフをした未亡人ママ・シモーヌのそばで遺体の前に立っているのは、起き上がりこぼしのような身体にネクタイをしめた若者だった。薄い口ひげと長いもみあげが、かろうじて丸顔を大人っぽく見せている。相撲取りのような体にはちきれそうな服を着た亡君の息子ジャン＝クロードは、前かがみになって目を閉じ、父の魂の救済を祈っているように見えた。父には大いに救いが必要だった。あるいは自分の手にあまる血まみれの王座を手に入れようとしているいま、ジャン＝クロードは神の救いを求めているのかもしれなかった。死んだパパ・ドクのいまわしい行ないを象徴する持ち物のいくつかは遺体につけられたままだった。まず、縁がべっ甲の瓶底眼鏡、そして多分パパ・ドクはまだ宝箱と兵器庫の鍵をひもでつないで首にかけているだろう。茫然自失の息子ジャン＝クロードは合鍵をもらっただろうか。確かなのは、父親の野蛮さとマキャベリ的な手練手管は息子に伝わらなかったということだ。

遺体安置壇のまわりや、花でおおいつくされた霊柩車の後には、純白の服を着た泣き女たちが一斉に涙にむせんでいた。コロニアル風白亜の大層な建築の官邸前広場には、貧しい人々が大勢集まって号泣していた。彼らの頬をつたうのは、不安あるいは安堵の涙か、あるいは主人に対する奴隷の盲目的な敬愛からくる涙なのか、だれにもわからなかった。つまり、パパ・ドクは事あるごとに、ハイチ独立運動指導者トゥーサン＝ルヴェルチュールと、ナポレオンの植民地軍を打ち破った解放奴隷ジャン＝ジャック・デサリーヌの霊魂にすがって救いを求めたが、その一方で元田舎医者の彼は「患者」たちを奴隷の身分に引き下げたのである。亡命作家ルネ・デペストルが当時心から願った（パパ・ドクの死に対する）「満足の歓声」はどんなに耳をそばだてても聞こえてこない。デペストルは「ル・モンド」の論壇で、「殺すべき死人」とずばり題して「パパ・ドク政治」を激しく批判した。

ポルトープランスの墓地を囲う壁にパパ・ドクを追悼する言葉が書かれた。「さらば比類なき指導者／ローマ皇帝ウェスパシアヌス、オスマン帝国将軍ムスタファ・ケマル・アタテュルクに比肩する／おおフランソワ・デュヴァリエ、御身がかくも官能的愛を傾けたハイチの大地よ…」。パパ・ドク礼賛はここで終わっている。追悼録のようにふくみがあり、きらびやかな都市デュヴァリエ＝ヴィルのように未完成だ。グレアム・グリーンが『喜劇役者』のなかでみごとに表現したとおり、デュヴァリエ＝ヴィルは命令によって大地にいきなり現れてまたたくまにジャングルにおおわれた異様なショーウィンドーのようだ。ああ！「救い主」パパ・ドクへの歯が浮くような賛辞のメッキは、幽霊都市のお粗末な漆喰ほどには簡単にはがれない。

もちろん、このハイチのキリストの手下たちは、フランスの悪徳商人がアフリカからつれさった奴隷の子孫で、無一文の教師の息子（パパ・ドクはもともとそうだった）だった人の子の黄金伝説をうやうやしく守りつづけた。手下たちによれば、無口で臆病、頑固でけんかばやい少年だったパパ・ドクは、アルベルト・シュヴァイツァーとマザー・テレサのあいだに生まれた子かもしれないというのだ。ありえない組みあわせだが、じつは当時アメリカに占領されていたハイチで、パパ・ドクは臨床医として社会人の第一歩をふみだした。労をいとわず親身に接する献身的な医者だった。ポルトープランスのサン＝フランソワ＝ド＝サール病院、そしてアメリカの公衆衛生活動団体でも働いた。「アンティル諸島の黒い真珠」とよばれたハイチの奥深い僻地をまわり、マラリア、チフス、イチゴ腫、治りにくい皮膚病などの治療に従事した。

若くして上げた業績が認められ、パパ・ドクはデュマルセ・エスティメ大統領のもとで労働省および公共保健省の長官に任命された。エスティメの失脚により雌伏を余儀なくされたが、パパ・ドクは野心を燃やしつづけた。一九五六年、軍部はエスティメの後継者ポール・マグロワールをも追い落とし、扱いやすく思われたパパ・ドクに白羽の矢を立てた。翌年、大統領選で将軍たちがしかけたクーデターが奏功し、パパ・ドクは大統領に選出された。これは致命的なミスキャストだった。あやつり人形はまたたくまにあやつり手をやっつけてしまったからだ。パパ・ドクは人種的報復主義を声高に主張せんばかりだった。こえてして傲慢な少数派のムラート（白人と黒人の混血）に隷属する文盲の農民たちに、このスローガンは非常に効果的だった。じつは、ポピュリスト、パパ・ドクは、崇拝するデサリーヌを念頭に置いていた。一八〇四年皇帝と名のって即位したデサリーヌは、白人も混血も排除した、純血種の楽園を統治することを夢見た。とはいえパパ・ドクの「黒人主義《ノワリスム》」は中途半端だった。長女マリー＝ドニーズの強情さにだけは勝てず、パパ・ドクは「身分違いの結婚」に反対するのをやめたのである。正真正銘の黒人で、しかも離婚歴のある恋人との結婚だった。パパ・ドクはきっと混血の貴族の息子を婿にしたかったのだ。本音はどうあれ、彼の主義主張はまったく変わらなかった。パパ・ドクは大統領選で後押ししてくれた将軍たちの力を削いだように、「コミュニスト」たちを抹殺し、少数エリートのムラートの追い落としにかかり、二〇万人の「青白い面《ツラ》」を追放した。

一九六一年、事前投票によってパパ・ドクは新たな任期更新をした。こうして三年間の任期が保証され、その後にはでたらめな国民投票によって「終身大統領」の地位を手にした。面倒な選挙の雑事から解放されたパパ・ドクは、「歴史家、人類学者、民俗学者、社会学者」と自称し、一院制を導入し、国民議会のかわりに、服従を強いられる議会を設置し、恐怖政治を敷いた。終身大統領、いや死の暴君だった。

パパ・ドクの昇進は熱狂的な個人崇拝をともなった。北朝鮮風の呪文のような公式称号がその証拠だ。「国民の保護者、革命の最高指導者、国家統一の伝道者、第三世界の指導者、商工業の大経営者、貧しき民の恩人、魂に電力を流す方、ハイチの誇る至高の希望、われわれの罪を償う方」。ああ、全知の元首が電力を流すのは魂だけなのか。電気がきれたら、パパ・ドクをたたえる電光掲示板が輝く地区は別として、ポルトープランスは闇に沈むしかない。そもそも思慮のある側近がよほどうまく対処しなければ、皇帝フランソワ一世などとよばせるのを止めさせることはできなかっただろう。

「わたしは一にして不可分のハイチの旗である。わたしはこの世ならぬ存在なのだ」とパパ・ドクはあちこちで吹聴した。この世ならぬ、たしかにそうだが、妄想症で執念深かった。妻の義兄弟のリュシアン・ドメックが後継者の地位を狙っていると疑われるや、処刑を命じた。現人神を冒涜した罪である。たんにもくろんだだけであっても、陰謀が発覚するたび血の粛清が行なわれた。国外追放された反乱分子からなる突撃隊が沿岸から侵入してもやはり殺された。一九六三年、パパ・ドクの子ども二人を誘拐する計画が立てられた。これは未遂に終わったが、六五人が射殺された。一九六七年六月、「裏切り者と敵を始末する」と豪語したパパ・ドクはみずから軍団に命じ、逆臣と思われる者約二〇名を死に追いやった。反対を押しきって愛娘と結婚した元副官マックス・ドミニックをぎりぎりのところで救ったものの、パパ・ドクは彼を虐殺に立ち会わせ、その後駐スペイン大使に任命した。

パパ・ドクは支配を固めるため、国家治安義勇隊を組織した。「トントン・マクート《麻袋おじさん》」というあだ名のほうが知られている民兵組織である。麻袋——あだ名はまさにここから来ている——、大鉈《なた》、銃、サングラス、そして傲岸さと残酷さが彼らのトレードマークだった。下層民をおびえさせるため、彼らは市場の物売り台の上に、切り落とされた首や首つりの死体を平気で置いたままにしていった。マクートは殴打、強姦、略奪、搾取、土地の没収、なんでもやった。西ハイチのマクートの女ボスは、だれあろう保健大臣の妻だった。フランスで教育を受けたこのきれいな女は、パリのトップブランドや香水を楽しむのと同じように、戦闘服を着て短機関銃をもつことが好きだった。彼女のおしゃれなハンドバッグには、銃床に螺鈿をはめこんだ拳銃が入っていた。トップもまたしかり。もうずいぶん前から、パパ・ドクは聴診器のかわりに銃をもつようになっていた。「わたしは革命家であり、容赦しない人間だ。唯一の真の友は銃だ」と彼は言った。官邸でだれかを迎えるときは、かならず机の上にコルト45と聖書を置いた。

パパ・ドクは信奉者たちが単純でだまされやすいのをいいことに、一般的なカトリックのイメージのキリスト像とブードゥー教の神々をみごとに混ぜあわせた。この結合から壮大な発想が生まれた。パパ・ドクは民の父であると称し、おとめマリアが母だというのである。ハイチの小学生たちは毎朝、この改訂版主の祈りをつっかえながら唱える。「官邸に生涯いらっしゃるわたしたちのドクよ／いまも未来も御名が崇められますように／御心がポルトープランスに行なわれるように地方にも行なわれますように／わたしたちの新しいハイチを今日私たちにあたえてください／わたしたちの国を日々悪しざまにいう祖国なき者の攻撃を許さないでください／彼らを誘惑におちいらせ、その有害な悪口で自滅させてください／彼らを悪から救わないでください。アーメン」。いと高きところに男尊女卑はなし。ママ・シモーヌにはこのアヴェ・マリアが捧げられた。「シモーヌ、勇気と善意に満ちた方、主はあなたとともにおられます。／（…）シモーヌ、恵まれぬ者の母、わたしたち貧しきデュヴァリエ主義者のために、いまも永遠の治世のときもお祈りください」。

オリジナルの使徒信経《クレド》まであった。「革命の教理問答《カテキズム》」と題され、ふんだんにばらまかれたパンフレットには、信仰を表明する祈りが記されていた。「わたしたちのドク、わたしたちの全能の指導者、新しいハイチの建設者、およびその愛国心を信じます。一九五七年に大統領に選ばれ、国民と祖国のために苦しみを受け、一九六一年に再選され、全国民がハイチの終身大統領であると宣言するわたしたちの救い主は、永久に大統領の座についておられ、威厳と威信と名誉をもってハイチ国の運命をお導きになります。国家の主義なるデュヴァリエ主義、ハイチの救済、ハイチ国の永続を信じます。アーメン」

そのあとの問答にはいくつか滑稽なまちがいがふくまれている。「民衆の解放者」デュヴァリエは、「文盲化」なる壮大なキャンペーンによって人々を啓蒙しようとした。もっと背筋が寒くなるのが、「デュヴァリエ主義的終油」の定義である。「国民軍、民兵、ハイチ国民が定めた秘跡で、榴弾、迫撃砲、モーゼル銃、バズーカ砲、発火装置その他を使って殲滅する。一度ならず異国の民と結託し売国奴となり、国家の主権を危機におとしいれようとした汚らわしい者どもを破滅させ無に帰せしめること」

血迷った子羊パパ・ドクの世界創造の妄想にはヴァチカンも首を傾げたようだ。一九六一年、パパ・ドクはポルトープランスの司教およびその後継者を追放して破門されている。めげないパパ・ドクは、先祖の宗教界から見放されるようなまねはしなかった。ブードゥー教の司祭と呪術師は大事にした。パパ・ドクは二二という数字にこだわった。権力の座についたのも一九五七年（一＋九＋五＋七＝二二）九月二二日であり、翌月二二日に宣誓した。終身大統領になったのも六月二二日だった。息子ジャン＝クロードが後継者に任命されたのも一九七一年一月二二日である。その三か月後、父パパ・ドクが亡くなったのは四月二一日だが、験をかついで翌日に報じられた。アメリカ大統領ジョン・F・ケネディがダラスで暗殺されたのも一九六三年一一月二二日だが、これは自分がアメリカ政府の敵意に憤慨して決めたことだ、とパパ・ドクは主張した。行方不明になった反対派の一人についてたずねた「ロロール」の記者に、パパ・ドクは「死なないように、ニワトリに変身させてやったさ。官邸の鶏小屋にいるよ」と悪びれもせず答えた。合理主義のヨーロッパ人から見ればとんでもない大ぼらだ。記者はパパ・ドクが、無敵のゾンビか死霊の化身に見えた。葉巻をくわえ、シルクハットをかぶり燕尾服を着て墓場をうろつくあのブードゥー教の死神サムディ男爵だ。魔物めいた雰囲気をかもし出そうと、パパ・ドクはこもった声で話し、わざとらしくゆっくり動いた。偶像崇拝が蔓延していた。そしてブードゥー教はすべてに優先した。

「不死身の」パパ・ドクもいつかは死ぬことを自覚していた。「後継者をもたない」パパ・ドクも自分の死後もまだ世界は続くことを知っていた。ヒッポクラテスの転んだ弟子、元田舎医者のパパ・ドクは、糖尿病と心臓発作——彼にも心臓はあったのだ——のせいで自分の天下も長く続くまいと認めざるをえなかった。一九七一年初め、パパ・ドクは脳充血が起きて半身不随になった。そのため、民衆の歓呼にこたえるのをこのうえない喜びとしていたにもかかわらず、六四歳の誕生日に官邸のバルコニーに姿を現すのをあきらめた。しかし政治と家族にかんする遺言はすくなくともきちんと残した。一月三一日、ハイチの有権者は国民投票で大統領の家系存続のシナリオを承認した。二三九万一九一六票の賛成に対し、反対票はゼロだった。こうして憲法改正となり、大統領就任の年齢の条件が四〇歳以上から二〇歳以上に引き下げられた。息子ジャン＝クロードは今春まだ一九歳ではないか？　いやそれも問題ではなかった。パパ・ドクは大統領令で息子の年齢を三歳引き上げた。こうして「世界初の黒人による共和制国家」が世襲君主制を打ち立てた。この同族主義の横行に将官たちは不満をいだいた。

政権委譲の際、「ザル頭」と級友からあだ名をつけられた太っちょのジャン＝クロードが大統領の座につこうとはだれも思わなかったらしい。ジャン＝クロードが、一族郎党と女性陣の圧力に屈し、悩まされているのを皆知っていた。姉マリー＝ドニーズ、愛称デデは、（熱烈な女性信者に支持され、裏で政治をあやつった）怪僧ラスプーチンのカリブ女版だというのが大方の意見だったが、イスパニョーラ島の端っこの、ぼろきれのような国ハイチを引き継いだのは弟ジャン＝クロードだった。平均寿命は四〇歳にやっととどくかというところ、国民の九〇パーセントは文盲で、六〇パーセントは失業しており、一人あたりの平均所得が世界でもっとも少ない国の一つであり、電話機は三〇〇〇のみ、車の通行可能な道は八〇キロのみだった。これもパパ・ドクのお蔭である。ジャン＝クロードに獅子奮迅の働きの期待がかかった。彼の統治は一五年間続いた。一九八六年二月八日、民衆が反乱を起こし、ジャン＝クロードは追放され、米軍機で国外へ逃亡した。人々は「フランソワ一世」の霊廟におしよせ、墓を荒らし、骨をばらまいた。しかし、この遅まきの乱暴な悪魔祓いで幕が下りたわけではなかった。二〇一一年一月、フランスに亡命してから二五年ぶりに、ジャン＝クロードはふたたび祖国の土をふんだ。いまわしいパパ・ドク体制時代の亡霊やゾンビをひきつれて。*

ヴァンサン・ユジュ

〈訳注〉

＊二〇一四年一〇月、ジャン＝クロードはポルトープランスで心臓発作で死去した。

〈参考文献〉

Martin-Luc Bonnardot et Gilles Danroc, *La Chute de la maison Duvalier*, Paris, Karthala, 1989.
Bernard Diederich et Al Burt, *Papa Doc et les tontons macoutes*, Paris, Albin Michel, 1971.
Jean Florival, *Duvalier, la face cachée de Papa Doc*, Montréal, Mémoire d'encrier, 2008.
Graham Greene, *Les Comédiens*, Paris, Robert Laffont, 1966.（グレアム・グリーン全集第19巻『喜劇役者』、田中西二郎訳、早川書房、一九八〇年）
Laënnec Hurbon, *Les Mystères du vaudou*, Paris, Gallimard, 1993.

Catherine-Eve Roupert, *Histoire d'Haïti*, Paris, Perrin, 2011.

後継者に指名した将来の王フアン・カルロスとともに軍事パレードに立ち会うフランコ将軍。パーキンソン病に侵され、1975年11月20日に死去した。

8　フランコの果てなき苦しみ

一九七五年一〇月一七日、フランコは最初の発作に襲われた。そしてどうにか一一月二〇日まで生きつづけた。その裏では後継者をめぐって派閥争いがくりひろげられていた。

マドリードでは、金曜日は閣僚会議にあてられていた。それは三六年間スペインを率いてきたフランシスコ・フランコ・イ・バアモンデ将軍の希望だった。一九七五年一〇月一七日、スペイン領サハラの現状が議題に上がっていた。フランコは独立を要求するサハラの今後を懸念し、八二歳の老体ながら、パルド宮で行なわれる週一度の会議になんとしても顔を出さねばと思っていた。会議場へ向かいながらフランコは、どういう態度でのぞむか、あらためて確認しようとしていた。モロッコ、アルジェリア、そしてサハラ住民が領土を要求しているこの砂漠の一部を手放すつもりはなかった。フランコはもはや手遅れとは知らなかった。自分に苦しみが訪れようとしており、初秋のいま、死への苦しい道がはじまろうとしていることも。

その前夜、フランコに冠状動脈不全の症状があり、医師たちの眉は曇った。休養をとるよう勧めても、フランコは首を縦にふらない。やむなく三つの電極をフランコの胸につけた。医師たちは会議室の隣の部屋にこっそり陣取り、この頑固な患者の体調をモニターの画面で見守った。フランコは閣僚たちより先に席についた。カルロス・アリアス・ナバロ首相が口火を切った。

一五分後、心周期が突然くずれ、波形が乱れた。フランコの調子が悪くなったのだと、医師たちは会議中の部屋に入っていこうとしたが、止められた。トラブルは秘すべきだった。メディアは報道規制されているので、「軽い風邪」とだけ書くはずだ。フランコはどうにか一人で立って会議室から出てきた。ほとんどの閣僚は、フランコに狭心症の発作が起きたことなど気づかなかった。動脈硬化によって冠状動脈の血流が悪くなり、心臓の筋肉に血液が十分に行きわたらなくなっていた。

一〇月二二日、また異変が起きた。前の晩話したのが、フランコとナバロ首相との最後の会話になった。急性心不全だった。さらにたてつづけに肺水腫が起こり、気管と気管支に血液があふれた。一〇月二五日、尿毒症の症状が現れ、可動式人工腎臓が用いられた。一一月三日、フランコの体重は四〇キロまで落ちた。数年前からフランコはパーキンソン病にかかっていた。この神経変性疾患の治療はさまざまな出血をひき起こし、八時間で六リットルの輸血を行なわねばならず、非常にやっかいだった。

とはいえフランコの回復のためにあらゆる手がつくされた。スペインでも指折りの優秀な医師二三人がつきっきりで治療にあたった。医師団を率いるのはフランコの娘婿ビリャベルデ侯爵クリストバル・マルティネス＝ボルディウだった。彼は一九七四年七月、スペイン初の心臓移植を行なっており、治療にかんし終始決定権をにぎった。三度にわたる手術にも立ち会い、報道機関向けの公式発表にもみずから署名した。最初はあいまいな言葉が使われた。最初の手術の翌日、マドリードの新聞は「フランコ、軍人のなかの軍人として手術を受ける」なる見出しをつけた。その後医師団の発表は徐々に現実的になってきた。統制を受けている報道機関は、フランコの雄々しい病魔との闘いぶりを書きたてた。国民は血わき肉躍る連載小説を読むように、来る日も来る日も懸命の治療のようすを追った。検閲と罰金によって報道に圧力がかけられた。しかし、すでにスペイン国民は感づいていた。いよいよなのか？　権力をほしいままにし、不死身と思われた冷酷な独裁的指導者がやっといなくなるのか？　皆は小躍りしそうになる気持ちを抑えた。筋金入りの反フランコ派は、よく考えてみれば前の年にフランコが手術を受けたことを思い出した。フランコは完全に復帰したではないか。一〇月二一日、アメリカの国務省がＡＢＣ放送の情報をうのみにしてフランコ死去の報を流し、その後誤報であることを認めて平謝りせねばならなかった。マドリードでは、奇妙な空気が流れていた。フランコを敵視する陣営にも体制派にも、期待が生じていた。次のような笑い話も伝わった。閣議に集まった大臣たちは、フランコがとうとう死んだことを知った。長い重苦しい沈黙が流れた。ようやく一人が立ち上がって言った。「しかしだれがそれを彼に知らせるのですか？」

フランコは瀕死の床にあってもそれほどおそれられていたのだ。つねに冷酷で非情であることに変わりはなかった。フランコはヒトラーやムッソリーニのような血の気はなく、どんなときも冷静だった。ためらうことなく敵を葬り、無用となれば味方をも見かぎった。フランコ時代の末期、体制は硬直化していた。経済危機が起こり、スペインに新時代を切り開いた「奇跡の」成長が鈍化した。一九七五年前半、物価は二二パーセント高騰した。経済成長率は、一九七二年に一〇・七パーセントの世界記録を達成したのに対し、この時期はわずか一・五パーセント程度だった。

オイルショックや失業率の上昇とともに、社会にくすぶる不満は爆発寸前だった。火つけ役はつねに抑えつけられてきた共産党寄りの労働者委員会だった。一九七五年六月、労働者委員会は大企業の従業員代表選挙で勝利をあげた。バスク・ナショナリズム運動とともに、緊張は高まる一方だった。暴動が暴動をよび、一九七三年一二月二〇日、フランコの腹心カレーロ・ブランコ首相の命を奪ったテロ事件をはじめとして、死者は増えるばかりだった。バスク分離主義者の組織ＥＴＡ（バスク祖国と自由）が、マドリードの町中でブランコ首相の車を爆破したのである。ふだんは感情を表に出さないフランコが、このときばかりは涙を流した。一九七五年四月二五日から、バスク三地方のうち二つに非常事態宣言が出された。法律家から憲法違反であるとの批判が上がったにもかかわらず、反テロリスト統令が八月二七日に公布された。

反乱を制圧するため、政府は大学や労働者団体における逮捕や一斉検挙にますます力を入れ、裁判所は死刑判決をくだした。フランコの最初の発作が起きる三週間前の一九七五年九月二七日、マドリード、ブルゴス、バルセロナで五人の政治犯の死刑が執行された。

ヨーロッパ中で激しい非難の声が上がっていた。法王パウロ六世も憤りを隠さなかった。法王は受刑者の恩赦を要求したが、聞き入れられなかった。決してミサの時間に遅れたことのない信仰篤いフランコに遠慮しながら、スペインの教会でさえ意見が分かれた。たしかにバルセロナとマドリードの司教たちが「進歩主義者」だといわれていたが、フランコは意に介さず、スペインの指導者はあくまで自分であると思っていた。一九三九年に政権の座に上りつめて以来、ナチ・ドイツの消極的な同盟国となるかと思えば、冷戦時代にはアメリカを忠実に支持するなど、風向きをうまく利用して立ちまわってきた。一九七五年一〇月一日に行なった最後の公式な演説では、革命のさなかのポルトガルで起きたスペイン大使館の略奪に激昂した支持者たちにこう述べて長年の敵を告発した。「（いまのポルトガルの）社会は共産系テロリストに破壊され、政治は左翼系フリーメーソンの陰謀にさらされている」

骨と皮だけになり蒼白な顔のフランコは、一九三〇年代の、でっぷりと肉づきのよい若い軍人だった頃の面影はどこにもなかったが、フランコ死すともフランコ主義は死せずという、最後の夢を見ていた。ヒトラーやムッソリーニとは異なり、フランコは後継者指名に際して慎重に準備した。不忠の将軍であり共和国を激しく批判し内戦に勝利したフランコは、王政を復活させたいと考えた。ファン・カルロス・デ・ボルボン王子を後継者に決めた。早くも一九六九年七月二二日にその決定は公にされた。ファン・カルロスはフランコ体制に忠誠を誓った。一九三八年生まれのこの青年に後を託したことで、フランコは世代を一つ飛ばしたことになる。次の王位継承権をもつのはバルセロナ伯爵ドン・ファンであり、一九三一年に退位した国王アルフォンソ一三世の息子で、ファン・カルロスの父だった。しかし、ドン・ファンの民主主義的傾向が気にかかり、フランコの意に添わなかった。フランコはこの手塩にかけた「王太子」ファン・カルロスのほうを気に入り、一から十まで意のままになると考え、何年も前から帝王学を授けた。フランコは公の正式な場に出るときはほとんどファン・カルロスを同伴し、王政の復活を周到に準備しつつ、その将来の顔として政治を学ばせた。

フランコの政治家としての遺言に曖昧な点は一つもなかった。ファン・カルロス・デ・ボルボンのもとで、スペイン国民が一致団結することをフランコは願った。すでに一九七四年、フランコが静脈炎の手術をしたとき、暫定的にファン・カルロスに権力をゆずった。このときはまだ、ファン・カルロスは課せられたふるまいを忠実にこなし、自分の意志表明は最低限にとどめた。彼を知る人は、儀式のときのぎこちない態度と内輪でいるときの熱っぽい雰囲気が別人のようだと言った。ファン・カルロスは外国訪問をひんぱんに行なった。フランスのジョルジュ・ポンピドゥー大統領は一九七〇年、一九七三年と二回にわたって彼を歓迎し、ヴァレリー・ジスカール・デスタンは大統領選の一年後、それにならった。しかし、現行の体制を維持しようとしているのか、民主主義への道を開こうとしているのか、将来の君主ファン・カルロスの胸の内はだれも知らなかった。

一九七五年一〇月三〇日から、ファン・カルロスは二度目に臨時国家元首となった。しかし、フランコが臨終の苦しみと闘っているというのに、フランコの側近たちはかならずしもファン・カルロスが選ばれたことに納得していなかった。摂政委員会に新しい政権を樹立する使命があたえられた。その三人のメンバーは、フランコ政権の支持者としてはたしかにやや不安定な存在だった。国民議会議長アレハンドロ・ロドリゲス・デ・バルカルセルがフランコ政権単一党であるファランへ党を、サラゴサ大司教ペドロ・カンテロ・クアドラドが教会を、現役総司令官の最年長者アンヘル・サラス・ララサバルが軍を代表した。

このお偉方のまわりに二つの派閥がうごめいていた。ファン・カルロスの即位を急ごうとするグループと、それに反対するグループである。軍事政権の樹立が望ましいと主張する者もいた。三頭政治の形で、軍部がフランコ政治をしっかり引き継ぐ役割を担い、しかも王政復活の道は残す、というのである。別の候補者としてアルフォンソ・デ・ボルボン・ダンピエレの名前までがこの陣営であがっていた。この王子はフランコの孫娘の夫であるという利点があった！　こうした戦略的抗争とは別に、ファランへ党はひたすら一つのことを念じていた。つまり解決策を練っているあいだはなんとしてもフランコを生かしておく必要があったのだ。ファン・カルロスもまた、後継者となるための地盤を固めていた。ファン・カルロスは数か月前からひそかに民主的反体制派の代表と接触し、従来の強硬なフランコ体制ときっぱり縁を切る意図を伝えた。その際政治犯をすべて大赦にしてはどうかという検討も行なわれた。一一月二日、ファン・カルロスはスペイン領サハラを緊急訪問し、世論の強い支持を得た。人々は彼に、将来の君主にふさわしい主導性を認めた。

たび重なる手術に耐え、腹の底から救いを求めながら、フランコは臨終の床でまだもちこたえていた。見舞い客の名簿を見せるよう命じるだけの元気すらあった。世間のフランコ支持者たちは、絶望的ではあっても回復を信じ、かすかな希望にすがりついていた。フランコ一族は長寿の家系ではないか。先祖には一〇二歳まで長生きした人もいるし、フランコの父は八六歳まで生きた。フランコ自身、若いときモロッコで腹に重傷を負ったにもかかわらず生きのびた。一九七四年にも、むずかしい手術から急速に回復した。フランコが搬送されたラ・パス病院の前には、同じA＋型の血液を提供しようとする者が続々とつめかけた。フランコのいないスペインなど想像できなかった。アンチフランコの作家ファン・ゴイティソーロが、「彼の永久普遍的な存在感はわれわれに重くのしかかった。それはわれわれの運命を命令によって支配するかのような、去勢コンプレックスをいだかせる専制的父親の存在感に似ていた」と書いた彼がいなくなったらどう生きるべきなのか、だれにもわからなかった。

フランコ周辺ではごく内輪の者しか彼を見舞うことができなかった。家族のあいだにピリピリした空気が流れはじめた。フランコの娘は、医師団の責任者である夫のビリャベルデ侯爵につめよった。なぜ父親を自然に死なせないのかと彼女はなじった。一九七五年一一月三日の緊急手術の後、一一月七日、さらに一四日と二度三度の手術を受け、胃の大部分を切除した。今度こそ最期が近づいていた。一一月一七日から一八日にかけての夜、フランコは消化管の大量出血を起こした。四度目の外科手術にはとうてい耐えられないことは一目瞭然であり、人工冬眠状態にする決断がなされた。体温を三三度に低下させ、延命をはかって輸血がくりかえし行なわれた。

秘密は守られたが、だれの目にも明らかだった。政府は体裁をつくろっていたが、スペイン中がひっそり息をひそめていた。一一月一九日、何事もなかったかのように、ＥＴＡ（バスク祖国と自由）の五人の闘士がビルバオで逮捕された。同じ日、七人の学生がサラゴサで、別の七人がマドリードで警察の手に落ちた。夜、テレビは動物のドキュメンタリー番組を流した。そのうち一つは「オオウミガラスはたいへん」というタイトルだった。ラ・パス病院で、フランコが息を引きとった。脳波が停止した。午前六時一〇分、国営ラジオの公式ニュースがフランコの死を報じた。この一一月二〇日という日付はおそらく偶然の一致ではないだろう。ファランへ党初代党首プリモ・デ・リベラの命日と同じなのだ。フランコ最後の頑張りだったのか。政体の源流回帰の象徴だろうか。いずれにせよ、内戦中に共和派の手でプリモ・デ・リベラが処刑されてから三九年後の同じ日、フランコの死は公表された。

国中静まり返り、万一の騒乱にそなえて想定された「ルチェロ」作戦の実行も無用になった。三日後、数万人のスペイン国民がフランコの葬儀に参列した。祈りを捧げる長い行列にならんだ者のなかには、フランコの父親がもらした「笑わせるなよ!」というせりふを思い出した者もいたかもしれない。三人の息子のなかでもっとも目立たなかったフランコが政権の座についたとき、父親は信じられないという顔だったのだ。葬儀にはチリの独裁者アウグスト・ピノチェトやモナコのレーニエ大公が出席したが、ヨーロッパの主要国家元首は一人も来なかった。その翌日、ファン・カルロスはスペイン国王に即位した。フランコはほんとうに世を去った。

パスカル・ソー

〈**参考文献**〉

Bartolomé Bennassar, *Franco*, Paris, Perrin, «Tempus», 2002.
Michel Del Castillo, *Le Temps de Franco*, Paris, Fayard, 2010.
Manuel Vasquez Montalban, *Moi Franco*, Paris, Seuil, 1997.

中華人民共和国建国の父毛沢東は1976年9月9日に逝去した。国中の人々が毛沢東を想い、ボタンホールに白菊をさし、左腕に喪章をつけた。

9　毛沢東の長い死

　病に倒れ手足がきかなくなっても、最後まで毛沢東は周囲の党派の対立をあおり、分裂させることによって支配力を高めようとした。文化大革命の信奉者たちは毛の最後の妻、猛女の江青にひきずられながら、鄧小平のもとに集う改革派をたたきつぶそうとした。

　一九七四年夏、主治医たちが、毛沢東はもはや余命いくばくもないと言った。毛はその時八〇歳、健康状態はすでにかなり悪化していた。やせこけて服はだぶだぶ、歩くのがやっとだった。気晴らしのプールも、ずっと吸いつづけた煙草もあきらめねばならなかった。

声がひどくこもって、何を言っているのかわからなかった。とうとう毛は視力まですっかりおとろえ、こよなく愛した詩をはじめとする読書にふけることもできなくなった。しばらくのあいだ、書物を特注で拡大印刷させ、文字は大きくなる一方だったが、それすら読めなくなり、ほとんど目が見えなくなった。視界が暗くなると、もともとの偏執症にくわえて深刻な抑鬱状態におちいった。いわゆる「第一グループ」のメンバー（毛の最後の愛人張玉鳳、警備責任者汪東興、警備隊、主治医、看護師、使用人）は、毛を脅かさないように、そばに行くときは音を立てて歩くよう指示された。

しかし冷酷な診断がくだされた。毛はALS（筋委縮性側索硬化症）にかかっているという。非常にまれな神経変性疾患であり（十万人に二人の割合で発症し男性に多い）、運動神経障害が徐々に進行し麻痺を起こす。咽頭や喉頭や舌の筋力低下により嚥下障害が起き、横隔膜や肋間筋の筋力低下により呼吸障害が起きる。今日なお難病とされるこの病気の予後の見通しは、過酷な障害のはてに死を迎えるというものだった。

毛沢東の主治医たちは余命二年と予測したが、だれにそれを伝えるかが問題だった。とにかく、医者も検査も治療も嫌がる気むずかしい毛本人には知らせるべきではない。秘密と嘘で固めた全体主義政治において、何もかもうまくいっているときに真実を言うことは土台むりだった。では何もかもうまくいかないときはどうか。一九六六年にはじまった文化大革命が国に惨禍をもたらしたことは明らかだった。いまの中国はうまくいっていないのだ。この文化大革命を続けるか、放棄するかが大問題だった。「文化大革命の成果」を守ろうとする「極左」と、それらを断ち切ろうとする「右傾派」が対立し、権力抗争の大きな争点となっていた。極左グループは毛夫人江青が、右傾派グループは鄧小平が率いていた。過去に鄧小平も毛に追放されて農村での労働に従事したが、毛は国の混乱を少しでもおさめるため、一九七三年に鄧を中国共産党（ＰＣＣ）幹部として復帰させた。鄧は以前にまして文革に対し批判的であり、むずかしい勝負を受けて立ったことになる。国家の主義と「偉大なる舵とり」毛沢東の意向の両方に反するからであった。毛は中華人民共和国建国後最大の偉業とする文革をさらに続けるつもりだった。しかし鄧は、毛の信任が厚い周恩来首相の支持を得ていた。周は中国で非常に人望が厚く、毛がかすんでしまうくらいの人気があったが、終始このうえなく忠実で献身的でかつ有用な毛の下僕でありつづけた。外交においては中国のいちばんの代表者だった周はバンドン会議（一九五五年）と欧米とくにアメリカとの和解に貢献した。周恩来は毛沢東の後継者となるかに思われたが、年の差があまりなく（五歳年下）、さらに膀胱癌という重い病気にかかっていた。毛には周囲が注意深く事実を隠しとおしたのに対し、周は自分の死期が近いことを知っていた。周が手術をしたのはかなり手遅れになってからだった。首相としての任務を優先すべきであるとして毛が長いあいだ手術に反対していたからだ。『周恩来伝』を書いた高文謙によると、毛は周の人気だけでなく、「巧妙そのもののやり方で」文化大革命に反対したことをなじったという。

病が重くなっても、毛は実権を手放そうとしなかった。住まいから一歩も出なくなっても、毛は自分の周囲をすべてつぶさに監視し、権力の舞台裏でつばぜりあいをくりひろげる二つの分派をほめたりけなしたりして態度をコロコロ変えた。しかしながら一九七五年の夏のあいだに毛の容態はさらに悪化した。周と、周を介した二人の支持者、すなわち鄧小平と国防部長兼政治局常務委員の葉剣英元帥だけが死期の近いことを知っていた。秘密は最後まで、毛をふくめだれにももらされなかった。周は毛の性格をよく知っていたので、真実を知ったら何をしでかすかわからない、と思っていた。

毛沢東の日常生活は現実離れしてきた。毛はたいてい床についており、毎日、台湾や香港の映画を見るときだけ起き上がった。張玉鳳が上映を準備し、大威張りで毛の世話をし、医師たちをよせつけなかった。ときおり江青が騒々しく現れ、特権をふりかざして「第一グループ」の関門を突破し、毛沢東に話しかけた。江青は鄧小平との熾烈な争いについての新しいエピソードを毛に伝えた。体調が急に悪化した周は鄧に重要な権限をゆだねていた。江青は彼らを「腰抜け」とよび、毛がこうしたおしゃべりにいつも嬉々として耳を傾けるのを知っていた。何事につけ断定的な物言いをする江青は、毛の病状はそれほど深刻ではないと決めつけ、来たときと同じように唐突に帰っていった。彼女は医者のことも嫌っていた（革命の論法と健康状態とはあいいれない二つの領域である）。昼夜を分かたず毛の治療にあたる医療チームに対し、江青は「あなたたちの話を聞いていると、さも一大事のようだわ。きちんと（思想改造の）再教育を受けていないのね。ブルジョア社会では医者は主人で看護師は家来。毛が医者の言うことなんか三分の一しか信じちゃいけないって言ったわけだわ」と言うのだった。

一九七五年が終わろうとしていた。中国が今後どうなるのか、不安はつのるばかりだった。周恩来は四度目の手術を受け、ほとんど死にかかっている状態だった。周はそれでも鄧小平に慎重な助言をおしみなくあたえた。鄧は（文化大革命の）「具体的審判をくつがえす右派的逸脱行為」を告発する新たな運動の標的になっていた。毛は鄧を迎えいれ、対話の最後にお気に入りの謎めいた金言の一つを引用した。「風はつねに木のいちばん高いところに吹く」。周は一九七六年一月八日に亡くなった。毛の願いどおりだった。周のほうが先に死んだ。周のほうが後だったら、後世自分にどんな評価がくだされたろう、と毛は思った。おそらく毛は文化大革命の行く末をそれほど楽観視していなかった。しすくなくとも文革が、つねに忠実だった周によって葬りさられることにはならなかっただろうと思われた。周の葬儀に毛が欠席したことは非常に目立ち、国中が深い哀悼の情を示せば示すほど、毛が反感をつのらせていることは明らかであった。病身であり、もはや人前に出るまいと心に決めているというのが欠席のおもな理由ではあったが、お互いに政治家として断絶していたことがなにより毛の足を止めさせた。毛はこうした不満があって葬儀に出席しないのだとはっきり言った。高文謙によると、「わたしの言うことをつねに聞き、『毛沢東万歳！』と叫んだあの古参の幹部たち（…）だが、彼らの歓呼は心からのものではない。わたしはつねにこのことに気づいていた。周とわたしのあいだの溝は決して埋まることはないだろう」と述べたという。

そして実際、周は生前より死後のほうがもっと目ざわりだった。鄧小平、共産党、軍部はなにかにつけ周の過去の業績を引きあいに出した。周の死によって文化大革命への異論はおさまるどころかよりいっそう高まり、民衆の不満が噴き出した。一九七六年四月五日、死者に追悼を捧げる日に人々がみずから大挙して天安門広場に集まった。この広大な広場は以前から紅軍の狂乱の舞台だった。警察と軍隊は（周恩来追悼と江青ら四人組批判の）デモをくりひろげる人々を追いちらそうとしたが、人々は抵抗し、暴動に発展した。毛は（デモの首謀者として）鄧を逮捕させたが、その身は生かしておかねばならなかった。鄧の背後には全軍隊がひかえていたからである。鄧が拘留されたのは三か月のみだったが、そのあいだに毛は無難な華国鋒を首相に任命した。毛は「王朝」を存続させ「毛一族」（江青、甥の毛遠新）が権力を受け継げるよう、下準備をしたのだろうか。とりあえず鄧小平を温存したのだろうか。だれにもわからない。毛は以前にまして謎を秘めていた。しかし、一九七六年夏の初め、もはや死期は迫っていた。一九七六年五月一一日に最初の心筋梗塞が起こり、低酸素症が悪化した。六月二六日、さらに重い心筋梗塞が起きた。毎日受けているブドウ糖の点滴にくわえ、それまでこばんできた経管栄養に頼らざるをえなくなった。毛はたいてい左側を向いて寝ていた。そのほうが呼吸は楽だったからである。しかし肺の炎症が広がっていた。左腰に床ずれができ、毛はひどく痛がった。九月二日、三度目の心筋梗塞が起きた。八日、もはや口もきけなくなった毛は、文字を指でなぞり、党内で苦境に立たされている日本の首相のことを気にしてたずねた。その夜、政治局のメンバーが毛の枕もとに勢ぞろいした。毛は葉剣英元帥になにか言おうとしたが、声が出なかった。九日、午前〇時を数分すぎた頃、毛は息を引きとった。八三歳だった。

中国では毛の病状は厳重に伏せられていたので、驚きと悲嘆に包まれた。作家の杜青钢は、当時一六歳の高校生で、生徒を集めた教室で一五時に放送が流れたと述べている。「中国人民の偉大なる指導者、すぐれた政治家、傑出した司令官、もっとも偉大な共産主義の闘士、毛沢東同志が亡くなりました」。「最初は耳を疑った。毛沢東は一五〇歳まで生きられるという噂だったからだ。医者が科学的に予測したことだといわれていた」。まもなく葬儀の間が設けられ、花輪に囲まれた毛の巨大な写真の下で、二人の生徒が昼夜をわかたず見張り番をしたという。北京では、毛の遺体は天安門広場の人民大会堂に安置された。全国津々浦々から、何十万人という中国人が、ボタンホールに白菊をさし左腕に喪章をつけて集まり、ガラス張りの棺の前に列をなした。泣きくずれるのはひかえるよう指示があったにもかかわらず、ヨーロッパのテレビに中継されたのは、心から悲しむ人々の映像だった。TF1（フランス放送協会廃止後設立されたばかりだった新しいテレビ局）の特別番組で、有名人の弔事や結婚の花形レポーターとしておなじみのレオン・ズィトロンが述べたように、「国民の悲嘆は演出されたものではなく、見るのもつらい悲しみよう」だった。葬儀の列が続いているあいだ、生放送のため政府が割りあてた担当の共産主義者の声は、奇妙な具合にたえず「レオン」の声に切り替わっていた。「未来の歴史家は、毛沢東が指導した中国人民の驚異的な試みに深い関心をよせることでしょう。わずかひと世代で七億もの人々の思想を転換させ、先祖伝来の迷信にしばられた社会を改造し、東洋的封建主義と外国支配から脱却し、これらすべてを達成したのは英知と勇気以上のものが必要だったと歴史家は言うでしょう」

レオン・ズィトロンは、（葬儀ゆえに）大きな国旗にくるまれて顔だけのぞかせている毛沢東の遺体の前につらなる、泣きぬれた群衆を映すことしか考えていなかった。彼のお涙頂戴の解説とひっきりなしに交替しながら、中国人のいささかもゆるがぬ声は続けた。「われわれは鄧小平の修正主義路線と闘わねばなりません。毛沢東主席の教えを決して忘れてはならないのです」。別のときには、中国人の声は、個人崇拝にかんする（欧米の）反対派からの毛沢東批判の問題に言及した。とんでもない、個人崇拝などではないのだ、と。「何百年ものあいだ、なりゆきまかせだった中国の群衆はシンボルを求めていました。中国人民は彼のような人物と一体化したかったのです」。そしてズィトロンは絶好の位置でそれを聞いているというのに、あいかわらず涙にむせぶ人々しか眼中になく、「映像の力にまさるものはありません！　すべてを物語っています」と叫んだ。その一方、（「ソヴィエトの変節者一味」をも罵倒する）政府の公式声明もまた、「右派の修正主義的傾向」、とくに鄧小平に非難を浴びせた。鄧が権力抗争に勝つ日はまだ遠かった（一九七八年だった）。

時間帯にもよるが、今日なお、中国人たちは涙こそ流さないにせよ毛沢東の遺骸の前に列をなす。毛の遺骸は彼の死後まもなく天安門広場に建てられた霊廟に安置されている。

「脱毛沢東主義」などとんでもない。さて一九七六年九月に話を戻すなら、中国人民が涙した理由が理解できる。国の将来への不安にくわえ、人々はソヴィエト共産主義よりさらにみごとなプロパガンダに洗脳されていた。スターリンは二三年間国を治めたが、毛は三〇年近く神だった。実際それは個人崇拝といったものではなく、その誇大妄想的狂気によってずば抜けて多く犠牲者を出した独裁者の神格化だった。六〇〇万から一〇〇〇万人の虐殺、二〇〇〇万人の労働改造所（中国の強制収容所）の死者、飢饉による四三〇〇万人の死者（一九五九年から一九六一年にかけての「大躍進」のときはとくに悲惨だった）。スターリンでさえ「ここまでみごとに」やらなかった。

日々恐怖と洗脳にさらされた中国人が毛沢東という残忍な独裁者によって理性を失ったことはまだ理解できるが、フランスのメディアが毛沢東の死をどのように報じたかにかんしては言葉に窮する。哀れ偉大なる毛沢東！　なんという損失！　九月一〇日付「ル・モンド」は毛の死去によってぽっかり穴があいたようだと追悼し、エティアンブルは「偉大なる貴公子詩人」とたたえた。敬意をこめて「中国を改造した」人物について書きたて、二枚舌の熱い称賛に丸々三ページをさいた後に、「誤った革命」についてのリュシアン・

ビアンコの「自由な見解」がやっと小さく掲載されていた。ヌヴェル・オプセルヴァトゥール（一九七六年九月一三―一九日号）にはもっとあきれる。ジャン・ダニエルが論説の見出しを「最後の神」としていて、もはや絶賛の嵐である。最初は裏になにか別の意味があるのかと思うくらいだが、違う。「絶対神のように、彼を純化された人間性の化身と信じる者たちに交じっているからこそ、毛沢東は超人なのである」。さらに続く。「毛は共通の信仰（文化大革命のことだ）のなかで大衆を訓練することが現実的だと考えた。それは革命による救済という概念を彼らが喜んで受け入れるようにするためだった」。ジャン・ダニエルは「たった一人の人間がなしとげた多大なる貢献」、「見事な歩み」、「壮挙」を「たたえるほかない」と結んでいる。「毛沢東主義のお蔭で、根源的な革命が追求された。毛沢東のお蔭で一つの国家がみずからふさわしい道を見出した」

これが、一九七六年のフランスで書かれたことなのだ。文革の完全な破綻、狂気、全国民にあたえた屈辱が、国外だけでなく中国人民にすら徐々に知れわたりつつあったのに、文化大革命に根拠のない夢を描いたパリの思想家は多かった。ジャン・ダニエルの論説に続き、K・S・カロルが革命にかんする毛沢東主義入門書を提示した。惰性におちいるのを避けるため、「天才的指導者」によってたえず改訂をくわえねばならないというものだった。しかもその教えは中国にだけ通用するものではなかった。毛沢東は「世界にふたたび革命の希望の光をともす人物」でありつづけるからである。政治家たちの反応もほぼ同様で、皮肉なことに野党よりも与党のほうが知識人に同調した（共産党書記長ジョルジュ・マルシェの声明は非常にひかえめだった）。きわめつきはヴァレリー・ジスカール・デスタンの言葉だろう。「毛沢東主席とともに世界の思想の灯は消えた」。なるほど生きているときより死んだときのほうが人は偉くなるものだ。時をへるにつれ、毛沢東の死についての論調が変わってきた。「レクスプレス」のマルク・エプスタンの記事（「わたしはいかに死んだか」）は申し分なく面白く偶像破壊的だが、これが掲載されたのは二〇一一年七月だ。ユン・チアンとジョン・ハリディによる毛沢東伝の大著（二〇〇六年ガリマール社刊）は、理想主義者でも理論家でもない、冷血漢としての毛沢東をあますところなく描いている。聖人伝まがいとはいかなくともいちおうは敬意をこめた従来の毛沢東伝にはもはやお目にかかれなくなった。もはやだれを拝んでいいのかわからないのが現代だ。ともかく一つだけ確かなことがある。一九七六年、フランスのメディアのほとんどは毛沢東を、中国の最高権力者のなかでもっとも容赦なく冷酷で残虐だったにせよ、「多少の犠牲」と「いくつかの過ち」とひきかえに祖国を封建制から脱却させた人物と見ていたことだ。

クロード・ケテル

〈参考文献〉

Jung Chang et Jon Halliday, *Mao. L'histoire inconnue*（原著英語）, Paris, Gallimard, 2006.（ユン・チアン／J・ハリデイ『マオ——誰も知らなかった毛沢東』、土屋京子訳、講談社、二〇〇五年）
Jean-Luc Domenach et Philippe Richer, *La Chine, 1949–1994*, Paris, Seuil, 1994.
Alain Roux, *Le Singe et le Tigre. Mao, un destin chinois*, Paris, Larousse, 2009.
Gao Wenqian, *Zhou Enlai*（原著英語）, Paris, Perrin, 2007.
Dr Li Zhisui, *La Vie privée de Mao racontée par son médecin*（原著英語）, Paris, Plon, 1994.

1978年12月29日、ブーメディエン大統領の葬列がアルジェのチェ・ゲバラ通りにさしかかると、何千人もの若者が泣きながら一音一音区切って「ブーメディエン万歳！」と叫んだ。
© AFP photo

10　フワーリ・ブーメディエンの最期の日々

彼はこんな葬儀をよしとしただろうか？　ひかえめで禁欲的だった彼に、このロックスターのような葬式が受け入れられただろうか？　一九七八年一二月二九日金曜、葬列がゆっくりとアルジェの海岸沿いのチェ・ゲバラ通りにさしかかり、錨泊地や港のあちこちから何十もの船がサイレンを鳴らしたとき、何千人もの若者が警備隊を押しのけて進んだ。無数の若者が泣きながら一音一音区切って「ブーメディエン万歳！」と叫んだ。

信じられない光景だった。大統領を思って国中が泣いた。国の常備手段として軍隊をすえ、単一党として民族解放戦線（ＦＬＮ）を定着させた偉大な指導者だった。元フェラガ（パルチザン）、第五軍管区《ウィラーヤ》の長、国民解放軍（ＡＬＮ）の総合参謀総長であり、長いあいだ影の専制君主だったフランスの植民地化に強く抵抗した。その指導者をすべての若者が称賛した。沿道の群衆はいっせいに声を震わせながら、棺が通る場所をあけた。よく見ようと殺到した人々の重みで木はたわみ、車の屋根はへこみ、キオスクの庇も折れ曲がった。無数の若者が通りにあふれ、警備が乱れた。彼らは警官や軍人をとり囲み、阻止するために置かれた柵をなぎ倒し、興奮状態で葬列の後を追いかけた。群衆はますますふくれあがり、大きなうねりとなって、ブーメディエンの遺体を運ぶ霊柩車に近よった。

革命評議会は数日前から市民に、自宅にいて静かにテレビで葬儀を見守るようよびかけていた。首都アルジェにつながる道はすべて軍隊が遮断したが、むだだった。アルジェの人々は素直に従わなかった。若者たちは葬列から閉め出されるまいと反抗した。一九七八年一二月二九日、彼らははっきりとみずからの意志を表明しようとした。謹厳で人をよせつけなかった四八歳の若い大統領の亡骸の前で、彼らは首を垂れて祈りたかった。

昼頃、手に負えなくなった警察と軍隊は群衆を警棒や銃床で殴りはじめた。タンクローリーが出動し、警官はすっかりのぼせ上がった若者たちに放水砲を浴びせ、兵士も加勢した。半時間後、ようやくふたたび葬列は動きはじめた。ブーメディエン万歳！　ブーメディエン万歳！

約一五年前にとりもどしたアルジェリアの誇りがそのままブーメディエンへの賛辞にこめられていた。ブーメディエンの容態を三か月以上も一向に知らされなかった国民の不満も噴き出していた。少数で固められた民族解放戦線（ＦＬＮ）の幹部は、大統領の病状について即座に緘口令を敷いた。彼らは「報道の自由」という言葉の意味をよく理解せず、国営メディアに対し念入りな検閲を徹底した。外国メディアにかんしては、放送はそのときの状況しだいであり、お蔵入りとなることも多かった。ＦＬＮの公式発表は、かなり内情に通じた者さえとまどわせた。すでにその頃ブーメディエンは危篤状態だったのに、一一月二八日付の声明文にはフワーリ・ブーメディエンの署名があった…。アルジェリア国民は噂に一喜一憂し、大統領の死への不安と回復の希望のあいだでゆれながらも胸をなで下ろしたのだった。

大統領の葬儀では群衆の哀惜の情が怒濤のように表出したが、彼が臨終の床にあることは数週間のあいだ滑稽なほどひた隠しにされていた。秘密というこのおそろしい武器は大統領の最期に効力を発揮した。アルジェリアの指導者ブーメディエンは、よくあるように小康状態と悪化を何度かくりかえしながら、自分はなんの病気なのか、最期までよくわかっていなかった。病状はほとんど一気に末期まで進んでいった。

一九七八年九月、アブデルアジズ・ブーテフリカ外相とともにシリアを公式訪問した際にすべてははじまった。フワーリ・ブーメディエンは急に激しい疲労を訴えた。側近のあいだに強い不安が広がった。最初の診断は腎不全だった。九月二四日にアルジェに戻り、一〇月五日にモスクワへ、医療団のつきそい付きで向かった。

医師団はリンパ腺がはれて顔の一部が麻痺状態になっていると指摘した。病名がはっきりしないことに側近や幹部は驚きあわてた。しかし外に情報がもれることはなかった。ソ連にいることは「友好関係を深めるための訪問」と説明された。噂をもみ消すため、テレビが利用された。ブーメディエンはまだ少しのあいだなら人目をあざむくことができ、ふだんの冷静な無表情さがカムフラージュに幸いした。レオニード・ブレジネフとアレクセイ・コスイギンとともに座っているブーメディエンの姿が撮影された。ブーテフリカは、大統領が「解放戦争がはじまって以来一日たりとも休んだことがない」と言ってのけた。アルジェリアのプロパガンダは彼のこの発言も広めた。それはアルジェリア人の胸に響いた。国民は皆、数年前の大統領の感動的な姿をすぐに思い浮かべた。大統領が「解放の殉教者」をたたえるうち、不意にしばし感きわまり、左手で涙をぬぐおうとしてハンカチを取り出さねばならなくなったとき、熱い拍手がわき起こったことが皆の脳裡に甦った。

一か月がすぎた。ソ連の名医が集められ、最高の治療がほどこされた。一一月一四日、フワーリ・ブーメディエンはようやくアルジェリアに帰国し、ムスタファ病院に入院した。歴史の皮肉か、彼が発案し作らせた超近代的複合施設の最初の患者となった。四日後、彼は昏睡状態におちいった。しかしブーメディエンの家族も側近もあきらめなかった。近親者たちには彼への愛情があった。革命評議会は新体制への移行を最善の形で行なうための時間がほしかった。ブーメディエン大統領を救い、名も知れぬ病気に闘いを挑み、政治的な理由で末期の苦しみを長引かせるため、あらゆる手が尽くされるだろう。とんでもないことになるだろう。

案の定、ブーメディエンを診るためによばれた専門家の数が半端ではなかった。病床は愁嘆場というより、モリエールばりに喜劇的で、こっけいな幕間の寸劇のようだった。ソヴィエトの医者が六人、中国の重鎮が八人、アメリカの大学教授が二〇人、スウェーデン人二人、イギリス人三人、ユーゴスラヴィア人四人、デンマーク人二人、ドイツ人四人、レバノン人一人、チュニジア人二人がアルジェに派遣された。もちろん何人かフランスのお偉方も歓迎され、丁重に意見を求められた。これらの外国人医師たちはアルジェリアの医師に交じって精密な診断をくだした。

この医師団は毎朝全員で全体会議を開いた。そこでは大統領顧問官アフメド・タレブ・イブラヒミ博士を長とする委員会が政治的権力をにぎっていた。中央棟の三階で、一二か国から来た多数の最高権威が一堂に会した。ほとんどの医師はつねに病院敷地内にいるよう勧められた。毎日、大統領付の医療チームのため三〇〇食の食事が用意された。国家機密をにぎる彼らは厚遇された。

苦痛に耐えるフワーリ・ブーメディエンのおもな病気は腎不全と脳血栓症だった。治療法が練られた。一一月なかば、政治と医療の二つの陣営が対立した。革命評議会はモスクワのほうが適切な治療が受けられると考え、ブーメディエンをもう一度モスクワに行かせようとした。ブーメディエンの妻はそれに反対し、結局自分の意見を押しとおした。一一月二五日、外交筋からの再三の要請により、スウェーデンの権威ヤン・ワルデンシュトレーム教授がアルジェに足を運び、診察した。教授はみずから特定したまれな病気をワルデンシュトレーム・マクログロブリン血症と名づけた。教授の予後の見通しはまったく悲観的で、それまで医師たちがくだした診断となんら変わりなく、ワルデンシュトレーム病とのことだった。それは骨髄、脾臓、リンパ節に広がる悪性血液疾患だった。教授は余命いくばくもないだろうとはっきり言った。腎機能の低下はこの病気によるものであり、いまの段階では脳にある血栓を除去するため、あらゆる手をうつ必要がある、と教授は説明した。化学療法が勧められた。

先端技術を生かしたさまざまな方法が試みられることになった。めずらしい立派な装置が輸入された。当時の医療現場でほとんど知られていなかったスキャナーでさえふつうに使用された。二台のスキャナーがアルジェに到着した。「ル・モンド」の特派員ピエール・ジョルジュによると「一台は一一月二四日にドイツからばらばらの部品の状態で送られ、現地で組み立てられた。もう一台は完成品だったが、検診車のなかに置かれたままだった。こちらの機械は一一月二七日に米軍の超大型貨物輸送機ギャラクシーでカリフォルニアから運ばれた」。ドイツのスキャナー、Siretom 2000のほうが選ばれた。ドイツ連邦軍の技師たちが操作に長けており、フランス製インバーターも用いられた。このインバーターは最大限に安定した電力の供給ができる一七トンもある機械だった。

国際協力と最先端技術をかけあわせても、病には勝てなかった。二つめの血栓が見つかった。同時に、大統領の姿をテレビで見られず、ラジオでもその声が聞けなくなったことに不安を覚えたアルジェリア人たちをなだめるため、革命評議会は、ブーメディエンは病気にかかっている、しかし昏睡状態から覚めたという奇妙な発表をした。大統領が昏睡状態にあることはおろか、体調をくずしていることすらきちんと知らされていなかった国民は目をみはり、身がまえた。ということは、かなり深刻な事態だと国民は気づいた。彼らを安心させようと、ブーメディエンは目を開け、指を動かしたという話が伝えられた。しかしその奇跡的な回復をとげた姿は公表されなかった。

もう生きている大統領の姿を見ることはないとアルジェリア人は予感したのかもしれない。お決まりの慣例によって、アルジェリアのあらゆる組織、青少年の運動団体、委員会、組合、市町村庁、地方が支援のメッセージを送り、新聞雑誌を埋めつくしテレビニュースで放映された。夜を徹しての長い敬虔な祈祷がはじまった。一七〇〇万人を超えるアルジェリア人が悲しみにくれ、この単調な祈りに献身的にくわわった。日を追うごとに、もったいぶった厳めしさで国民を惹きつけたブーメディエン大統領の顔は、国家の父のごとき偉大さをおびてきた。アルジェリア東部の貧しい農家の息子が、第三世界を率いる国の一つとして地位を確立した、独立後のアルジェリアを代表する顔となったのだ。

ブーメディエンの犯した誤りはすべて忘れられ、崇拝に変わった。この細い体、青年時代から政治抗争に明けくれてきた横柄な熱血漢の革命家の前に、人々は首を垂れた。ブーメディエンは早々に市民生活をすて、若い学生時代にチュニスやカイロで地下活動に入り、民主的自由の勝利のための運動（ＭＴＬＤ）に参加した。民族解放戦線（ＦＬＮ）のゲリラ、そして軍人になった。さらに求道的に、モハンマド・ベン・ブラヒム・ブーハルバという本名をすて、みずからの野心にふさわしく、有名なイスラム神秘主義者にあやかってフワーリ・ブーメディエンという偽名を使うようになった。

こうして彼はだれからもブーメディエン殿とよばれるようになった。寡黙な信念の人だった。イスラム教徒ブーメディエンはある意味聖職についたといえる。彼は規律、厳格さ、効率を体現した。一九六二年にアルジェリアが独立したとき、彼は陰で糸を引いていたが、アフマド・ベン・ベラを政治の表舞台に立たせた。彼は傑出した老兵ベン・ベラの前ではひかえめにふるまいつつ、革命評議会副議長と国防相の要職を兼任し、警察機構と軍部を牛耳った。ブーメディエンにとって雌伏のときだった。三年後、機は熟した。一九六五年六月一九日、ブーメディエンはベン・ベラを逮捕させ、自宅軟禁下に置いた。一度の発砲もなかった。

支離滅裂だが人好きのするベン・ベラ大統領に慣れっこになっていた各国は、この軍事クーデターに唖然とし、ヨーロッパの左派は当惑した。「東ヨーロッパの全体主義の手法を会得していたナショナリストだった」、とのちにジャーナリストで作家のジャン・ラクチュールは述べている。秩序が混乱にとって代わった。ブーメディエン大佐はアルジェリアを軌道にのせるべく、ビシビシこらしめる（サンタクロースのお供の）鞭打ちじいさんのようだった。ベン・ベラが推進した自主管理のかわりにソヴィエト式計画化が導入された。アルジェリアはそこからなにか得られたのだろうか。

そう、ゆるぎないイメージ、すなわち第三世界におけるリーダーシップをアルジェリアは手にした。一九六八年、フランスはオラン近くのメルス＝エル＝ケビール海軍基地を撤退させられた。一九七一年、大規模な油田とガス田の所有権がアルジェリアに返還された。「炭化水素（石油・天然ガス）の国有化を決定した」とブーメディエンは宣言した。一九七三年、ブーメディエンは非同盟諸国の首脳会議をアルジェで開催し、議長をつとめた。一九七四年、ニューヨークの国連総会に華々しく迎えられ、「新たな国際的経済秩序」について演説した。

アルジェは失われた輝きをとりもどした。ブーメディエンはフィデル・カストロやナセルにおとらぬほどじわじわと北の民主主義諸国をおびやかしたが、カストロほどのカリスマ性もナセルほどの華々しさもなかった。当時は人権や独裁についての問題は今日ほど関心をもたれていなかった。警察の主導的役割の問題、反対派の弾圧における拷問の可否、基本的人権の徹底的侵害は、重要な事柄としてとりあげられなかった…

客観的に見ると、外交に比べて国内政策のほうは精彩を欠いたようだ。マルクス主義をさかんにとりいれたものの中途半端に終わり、計画経済を積極的に導入したもののさんざんだった。「工業化工業」(この言いまわしは歴史に残るだろう)を優先させたあまり、ブーメディエンは根っからの農業国をゆるがした。フランスの学者アンリ・マンドラが予測したとおり、農家の終わりだった。しかもそれは急速に進んだ。人口が爆発的に増える一方で、農民は立ちいかなくなり、混乱が起きた。一九六二年、新しいアルジェリアの人口は約一二〇〇万人だった。一九七八年には一八〇〇万人にふくれあがった。失業率は三倍になり、若者は町にあふれた。しかしアルジェリアの若者たちは祖国とその歴史を誇りに思い、一党制下の世界しか知らなかった。

その若者たちが、ブーメディエンの葬列に向かって「ブーメディエン万歳!」と声をかぎりに叫んだのである。独立したアルジェリアの歴史の第一章が終わったことを彼らは感じていた。この特別な瞬間の重大さを彼らははっきり理解していた。一人の指導者がこの世を去り、彼がいなくなったことにより国家の記憶が一つ定まる。彼らは若者らしい熱狂ぶりで、祖国に命を捧げ、七光りも何もなかった若き大統領フワーリ・ブーメディエンをたたえた。若者たちはともに力と活気を感じた。彼らは国の可能性なのだ。だがそれをわかっている者はいただろうか。そして強力な軍隊の指導者たちや、単一党であるあの暗く謎に満ちたＦＬＮの指導者たちにそれを伝える者が果たしていただろうか。

ローラン・グレイルザメル

〈参考文献〉

Documentation *Le Monde*, *La Croix*, *L'Aurore et Témoignage chrétien*.

Gérard Chaliand, Jean Lacouture, *Voyage dans le demi-siècle. Entretiens croisés avec André Versaille*, Bruxelles, Complexe, 2001.

Catherine Simon, *Algérie, les années pieds-rouges : Des rêves de l'indépendance au désenchantement (1962–1969)*, Paris, La Découverte, 2009.

Benjamin Stora, *Histoire de l'Algérie depuis l'indépendance*, t. 1 : *1962–1988*, Paris, La Découverte, 1994.

Benjamin Stora et Mohammed Harbi, *La Guerre d'Algérie, 1934–2004 : la fin de l'amnésie*, Paris, Robert Laffont, 2004.

1997年10月16日、元クメール・ルージュ指導者ポル・ポトは、ネイト・セイヤーによる最初で最後のインタビューに答えた。1998年4月15日、その20年前に政権の座を追われた彼は監禁された自宅で死去した。© Prasit Sangrungrueng/AFP photo

11 ポル・ポトは六度死ぬ

ポル・ポト政権は四四か月（一九七五―一九七九年）にわたってカンボジアを支配し、大量虐殺を行なった。その後には二〇年近い彷徨が彼を待っていた。クメール・ルージュの象徴的指導者ポル・ポトは政界での生き残りをかけて徹底抗戦した。

意外な場所にぽつんと一つだけある墓。カンボジア領の人里離れた辺鄙な場所で、タイとの国境から数百メートルのところだ。墓はいまや、建設中の巨大なカジノ（経営者は中国系タイ人、労働者は元クメール・ルージュの闘士である）と、ベトナム人売春婦がさかんに出入りする「宿屋」にはさまれている。墓の周囲は、肥溜めでもありそうななんでもない土地である。墓そのものはつつましく、敷石も石碑もないが、囲いがしてあり、それなりに手入れされている。すぐそばの、ポル・ポトが最後に住んだ家の残骸は結局撤去され、二〇〇七年に筆者が訪れたときには、壊れた洋式トイレの便器といくつかの板きれがかろうじて残っているだけだった。墓に供えられた線香はすっかり灰となり、小さな壺には少しの花が活けられ、古ぼけた皿にはときおり供え物がされている形跡があった。宗教的な行事の日には、豚の頭が供えられ、人々は全国宝くじやカジノで儲けることを願って、仏事用の偽札を燃やす。この拍子抜けするほど地味な墓（タイ人と同様クメール人[(1)]は火葬にされ、遺灰は寺院の敷地内の施設に納められることもある）の上には、観光庁の小さな標示板が掲げられており、クメール語と英語で「ポル・ポトの墓。史跡の保護にご協力ください」と書かれている[(2)]。

実をいえば、ポル・ポトの遺骨がここにあるかどうかはわからない。アンコール・ワットからさほど遠くないトンレサップ湖に散骨されたという説もある。しかし二〇〇〇年七月に現地を訪れたときは、まだ埋もれずに地面に放置された遺灰のなかからひとかけらの骨を入手できた。ポル・ポトの霊がまだここにいるとすれば、このベトナムとタイの「包囲」にいまなお苦しめられているはずだ。ポル・ポトはこれらの隣国に対するカンボジアの支配力を奪い返すつもりだったのだから。彼は宗教的行為をいっさい禁じたはずだが、転向して罪の償いをするはめになり、苦々しさをかみしめているにちがいない。また、金融界を告発するだけでなく、一九七五年に通貨そのものを廃止したポル・ポトは、自分の墓がカジノマニアに観光資源として利用されているのも悔しいはずだ。裁判をまぬがれ、重刑に処せられずにすんだものの、この二度目の死はそのみじめな報いといえそうだ。

二度目の死、いやむしろ六度目の死だろう。無数のカンボジア人を虐殺したポル・ポトが物理的な意味で死んだのは一九九八年四月だが、その前に四度の死を彼は経験していた。権力の失墜、くわだての失敗、希望の消滅、活動の停止の四回である。

一九二五年にコンポントムで生まれたサロット・サル（民主カンプチア首相ポル・ポト[3]の名で世に知られるようになったのは一九七六年四月から）が権力をにぎったのは、一九六二年、カンプチア共産党（ＣＰＫ）の書記長（「ナンバーワンブラザー」）のポストについたときだった。彼の栄光は短かった。五年にわたる内戦と、アメリカと北ベトナムによる二重の軍事介入をへて、クメール・ルージュ[4]は一九七五年四月一七日に政権をにぎったが、再統一されたベトナムと一九七七年末から交戦状態になり、惨禍のすえ、一九七九年一月七日、ポル・ポト政権は崩壊した。クメール・ルージュは三年八か月にわたって、共産主義の歴史にも東アジアの歴史にも例を見ない、前代未聞の規模の虐殺を行なった。人口の五分の一にあたる約一五〇万人(5)のカンボジア人が殺され、獄中で拷問を受け、飢えに苦しみ、労働と移動を強制された。

ベトナムに負けたことはポル・ポトの最初の死だった。カンボジアを二度と支配できなくなっただけでなく、強圧的だった政権が、たった二週間、宿敵ベトナムの攻撃を受け、抵抗らしい抵抗もできずもろくも崩壊したのである。さらに、クメール・ルージュは生き残りをかけ、ほとんど損得勘定だけで、一九七〇年代末の新たな冷戦の大きな展開のなかにまいもどるしかなかった。なかでも一九七九年一二月、ソ連がアフガニスタンに侵攻したのは重大事件だった。クメール・ルージュに武器や資金をもっとも供給してくれるのは今後も中国であることは確かだった。一九七九年以前から、中国はカンボジアに対し非常に影響力があった。しかし、今後は反共産主義的なタイが頼みの綱となり、クメール・ルージュが聖域を保てるのは、ポル・ポト派に管理がゆだねられた難民キャンプ周辺のタイ領だ。そこからクメール・ルージュはベトナムとカンプチア人民共和国に対し反撃をくりひろげた。カンプチア人民共和国はベトナムの統制のもとで設立されたが、やがてフン・センが率いるようになった。ポル・ポトは二〇世紀でもっとも自給自足的構造をもつ国家の指導者だった。それが、一九七五年に（ベトナム戦争で）敗北したとされるアメリカをふくめた、憎まれる国々の一兵卒に成り下がった。

二度目の死は一九八一年一二月のカンプチア共産党の解散だった。共産主義の歴史ではほとんど前例のない奇妙な出来事だったが、一般的にはたんに表面上のこととして受けとられた。一九四五年に表向きはベトミンに吸収されたベトナムの共産主義者たちが、一九五一年に堂々と再登場した例もあった。一九八一年には、反ベトナム連合政府設立を期し、シハヌークおよびカンボジアのほかの非共産主義勢力との裏工作を着々と進めねばならなかった。東南アジア諸国連合（ＡＳＥＡＮ）[6]の後押しで一九八二年六月に連合政府はようやく誕生した。この連合政府樹立により、クメール・ルージュは孤立から脱却することができたが、カンボジア国境地帯の紛争は、事態の打開の見通しもなく膠着状態であった。連合政府樹立が策略にすぎなかったという証拠に、指導組織であるカンプチア共産党の中央常任委員会は、軍事執行役会に変貌した。もちろん牛耳っているのはポル・ポトである。一九八五年九月、ポル・ポトは六〇歳で引退するとして、要職を辞し「顧問」というあいまいな役割にとどまると発表されたが、だれも信じなかった。実際、一九九六年まで、ポル・ポトはみずから鍛え上げた組織を依然として強圧的に支配した。その上、ポル・ポトは一九七五年から一九七九年にかけてのいまわしい時期の原理や手法を決して否定しなかった。一九八六年、幹部を前に短い演説を行なった際、ポル・ポトは「われわれは何事にも少しやりすぎだった」とようやく認め、それも「実験」のためだったと述べた。だがその後で「カンボジアの二〇〇〇年以上の歴史において、民主カンプチアの美徳、本質、価値観はもっともすぐれている」と続けた。その演説のなかで、ポル・ポトはもっとも重要な活動目標は「領土をくい荒らす」ユオンから「カンボジア民族を守る」ことだと言った。ユオンはベトナム人の蔑称だった。同じ頃、セルビアのスロボダン・ミロシェビッチが共産主義から人種差別的超ナショナリズムへと方向転換しはじめた。ソ連が決定的に没落し中国が毛沢東主義から脱皮したこの時期、世界中で、未来への道を切り開くことに絶望した共産主義者たちには、危険な選択肢しか残されていないように思われた。すなわちイタリアや東ヨーロッパのほとんどの国のような社会民主主義か、あるいは極端なナショナリズムへの逃避である。中国はこれをポスト毛沢東主義の中心的理念にした。クメール・ルージュはあくまで急進的であり、ベトナム人への根深い敵意をよりどころにしようとし、ますますクメール・ナショナリズムとしてもっとも人種差別的な行為に走った。ベトナム人を共同体ごと大量虐殺したのである。共産主義のユートピアなどあったものではなかった。

ポル・ポトの三度目の死は、一九九一年一〇月二三日にパリで成立したカンボジア和平協定によるものだった。カンボジアに平和を回復し自由選挙の体制を整えるあいだ、この国を国連の保護領にするかのような内容だった。クメール・ルージュには思わぬどんでん返しだった。ソ連に成立したゴルバチョフ政権による改革の余波がおよび、一九八九年九月にベトナム軍が撤退してから、ポル・ポト派は西カンボジアの領土を大幅に奪い返し、新たに兵員を増やし、追い風を受けているかに見えた。ポル・ポト派がふたたび政権を奪取すると見る向きも多かった。交渉にくわわることを認められたポル・ポト派は、国連の二五〇〇〇人の軍事、警察、行政部門の人員が介入する以上、フン・セン政府を無力化する意図があるとふんだ。フン・センはベトナムからの庇護が絶たれつつもかろうじて地位を確保していた。しかしポル・ポト派の予測はまったくあたらなかった。国連はクメール・ルージュに入りこむすきをあたえず、したたかなフン・センが依然としてカンボジア行政をとりしきった。ポル・ポト派は一九九三年の国民議会選挙をボイコットしたが、選挙はかなりの成功をおさめ、フン・センと、ラナリット王子の率いる王党派政党フンシンペックとの連立政権が誕生した。ラナリット王子の父シハヌークは王位に返り咲いた。新政権は国内、国外ともに確かな正当性を認められた。

とくにクメール・ルージュに対する国外からの支持は薄れていった。アメリカは冷戦終結によって不透明な馴れあいから解放され、一九九〇年には反ベトナム勢力、ひいてはポル・ポト派への支援を打ちきった。一九九五年、アメリカは、この年ASEANに加盟したベトナムと国交を回復した。さらに深刻なことに、一九九二年、影響力の強い発信を続けるクメール・ルージュのラジオ放送局を中国が閉鎖し、資金と武器の援助を停止し、それ以降は正常化のプロセスを尊重した。一九九四年七月、その前年に再編成された政府軍との激しい戦闘があった後、カンボジア国民議会はクメール・ルージュを非合法化し、あらゆる関係が断ち切られた。孤立し政治的展望に欠ける組織、クメール・ルージュにとってそれは転落のはじまりだった。そのきっかけはつねにカンボジアの前に立ちはだかる中国が作った。一九九六年七月、フン・センは中国を公式訪問し、クメール・ルージュとの決定的断絶の約束をとりつけた。その翌月、南西部に残っていたゲリラが国境近くの村パイリンの周辺で総くずれとなった。彼らは次々と投降し、またたくまに約一五〇〇〇人の兵士が政府軍に吸収された。零落気味の元外務大臣、ポル・ポトの義弟イエン・サリは投降した彼らを率いた指導者の一人だった。ポル・ポトは、タイのトラート県との境界に近いゴム農園に長いあいだ居を定め、タイの軍隊の保護を受けていたが、一九九三年からカンボジアの北西部アンロン・ベンに移り、ここがクメール・ルージュ最後の拠点となった。

四度目の死は一九九七年六月、すさんだものだった。以前から陰謀をしかけられるのではないかと疑心暗鬼になっていたポル・ポトは、軍の指揮官兼国防担当副「首相」のソン・センが裏切ろうとしていると思いこんだ。そこで六月九日、刺客が送られ、ソン・センと妻ユン・ヤットが殺された。そればかりかポル・ポトは、数人の子どもをふくめたソン・センの一族一二人を虐殺した。もう一人のアンロン・ベンの有力者タ・モクは、次は自分が殺される番だと確信し、先手をうった。一一日、タ・モクは、ポル・ポトの最後の側近たちを狙って部下をさしむけた。ポル・ポトは国境沿いに逃亡しようとしたが、二三日に捕まった。一七日から、現地のクメール・ルージュのラジオ局は、公然とポル・ポトを「裏切り者」とよんだ。七月二五日は世界が注目するなかでの、元独裁者ポル・ポトの屈辱的転落の日だった。はじめて外国人ジャーナリストが、クメール・ルージュの歴史的事件、すなわち失脚した国家元首の出廷に立ち会うよう依頼されたのである。それは同時に、ポル・ポトが一九七八年以来はじめて公の場に姿を現した日でもあり、最初（で最後）のクメール・ルージュによる裁判が行なわれた日でもあった。ほかの犠牲者は、裁判もなく処刑されていた。裁判というにはお粗末で、実際は二時間にわたる弁明不可能な告発大会だった。人々は節目節目で拳をふり上げ、「ポル・ポトをつぶせ！　一味をつぶせ！」といったスローガンを一語一語区切って叫んだ。身体不随のポル・ポトはおびえたようすで聞いていた。陰であやつられた判決は、ポル・ポトに従いつづけた三人の指揮官は死刑（その直後執行された）、ポル・ポトは終身禁固刑というものだった。裏切りよりもっとささいな理由でためらいなく極刑に処してきたクメール・ルージュにしてはずいぶんと寛大な判決ではなかったか。

ポル・ポトはもはや歴史の舞台から降りていた。これから人生の舞台からも降りるはずだが、それほど先のことではなかった。彼は最後の数か月間、裁判が行なわれた村のすぐそばの住居に監禁された。それは昔住んだ快適な煉瓦造りの家に比べればはるかに質素な木造あばら家だった。数キロ離れたダンレック山脈の断崖に建てられた昔の家からは、見わたすかぎりカンボジアの平野が望めたものだった。ポル・ポトが若い妻とまだいっしょに住んでいたかどうかは不明である。妻はメアス（あるいはムオン）という名のクメール・ルージュの闘士で、三三歳年下だった。シータという名の一人娘がいた。キュー・ポナリーと離婚し、メアスと結婚したのは一九八五年だった。キュー・ポナリーは（一九四〇年）バカロレアに合格したはじめてのカンボジア人女性で、ポル・ポトとともにクメール・ルージュの創立者となったが、統合失調症にかかり中国の精神病院に収容された。ポル・ポト自身も体調をくずしていた。一九八七年から一九八八年にかけてポル・ポトは中国で集中治療を受け、癌（ホジキン病？）からみごと回復したかに思われた。しかし、その後心臓病が悪化し、酸素吸入がたびたび必要になった。さらに一九九五年、ポル・ポトは脳卒中により左半身不随となり、片目は失明同然だった。毎日、ほとんど何もせずすごすようになった。「パリ・マッチ」の購読を続け、楽しみにしていたらしい。「ヴォイス・オヴ・アメリカ」（VOA）のニュース番組をクメール語で熱心に聞いた。唯一彼が信頼しつづける情報源らしかった。夕方一八時頃にはたいてい床についた。

一九九七年末、アメリカ人ジャーナリスト、ネイト・セイヤーがポル・ポトにインタビューし、撮影も行なわれた。一九七八年にユーゴスラヴィアのジャーナリストたちのインタビューに答えて以来のことだった。ポル・ポトはありのままに話し、数々の犠牲者に対して後悔や同情の言葉はいっさいなかった（「わたしは良心に欠ける人間ではない」）。それどころか、「クーデターを起こしてわたしを殺すため潜入したグループ」――ベトナムと結んだ者たち――を暴き、ソン・センを殺したことについてはただ「自分の身を守る必要があったから」と言うのみだった。最後にポル・ポトはだしぬけに議論を吹っかけた。「わたしが暴力的に見えますか？」とセイヤーにたずね、それを否定する証拠のように感じのいい笑顔を浮かべながら、自分で「ノン！」と答えたのだった。とはいえポル・ポトは政策の転換をはっきり認めた。共産主義や社会主義社会には言及せず、不倶戴天の敵ベトナムのことはあれこれほのめかし、「一九七五年四月三〇日からカンボジアを占領」しようとしたと非難した。それはサイゴンが北ベトナム軍によって接収された日だった。この思考回路でいくと、一九九一年のカンボジア和平協定はベトナム人の流入による暴挙と考えられるのであり、ベトナムの移民は「覆面兵士」でしかなく、ゆえにクメール・ルージュがこの協定を無視することは正当化されるらしかった。さらにポル・ポトは「カンボジアが東部とともにふたたび統一されることを願っている」と言った。東部とは、サイゴンをふくむベトナムのメコンデルタに相当する「カンプチア・クロム」（低地カンボジア）のことだ。ポル・ポトは冷静さと自己憐憫をまじえながら病気について話し、最後に「政治家としての人生も私個人の人生も終わった。もはや後は死ぬばかり」と言うのだった。

その死が訪れたのは一九九八年四月だった。その数か月前、もはや兵士は四〇〇〇人ほどに減っていたクメール・ルージュはラナリット首相と結んで最後の国政復帰を試みた。ラナリット王子は名目上は首相だったがつねに「補佐役」フン・センから爪はじきされていた。さまざまな交渉のすえ、ラナリット王子は一九九七年七月六日にクメール・ルージュの表の顔キュー・サンファンとの協定に署名するつもりでいた。ところが五日、フン・センは武力クーデターを起こしてフンシンペックの幹部数十人を殺害し、ラナリットを国外追放した。フン・センはふたたび全権を掌握し、以来政権を維持しつづけている。しかしラナリット派の残存勢力の一部はアンロン・ベンに避難し、一九九八年三月、クメール・ルージュの指揮官数人に合流し、タ・モクを狙った反乱にくわわった。タ・モクはクメール・ルージュの古参の部下とともに逃亡せねばならず、以後は完全に政界から姿を消した。ポル・ポト（とおそらくタ・モク）を国際法廷に引きわたすため、カンボジア、タイ、アメリカのいささか不透明な裏取引が（セイヤーの仲介で）行なわれた。ポル・ポトは、滅びつつあるこれらの軍団の究極の取引材料だった。

四月一〇日、ポル・ポトは白髪を黒く染めさせていた。おそらくタイへ逃亡するための準備だったのだろう。だがそれもむりな話だった。タイもポル・ポトをつき放していたからである。四月一五日二〇時、ポル・ポトを国際法廷にゆだねるための取引が進行中であると「ヴォイス・オヴ・アメリカ」が伝えたその夜、二二時一五分にポル・ポトは死んだ。数か月前から酸素吸入をむりやり停止されていたうえ、ニュースを聞いたショックで弱りきった身体が力つきたとも考えられるが、あきらかに不審な死だった。服毒自殺の可能性のほうがはるかに濃い。これは実際セイヤーの説でもある。セイヤーは一九九七年に二度ポル・ポトに会い、一九九八年には遺体と対面している。暗殺説にはほとんど信憑性がない。まず遺体にその形跡がなく、さらにポル・ポトを殺すことで利益を得る人間がいるとは思えないからである。元ポル・ポト派にとって、ポル・ポトはカンボジア社会に復帰するための有効なカードだったし、紛争にかかわったさまざまな勢力にとって、もはやポル・ポトは未公開の「機密事項」保持者ではなかった。こう考えると、プノンペンで進行中のクメール・ルージュ指導者の裁判から、有力な情報はなんら得られていないことになる。ポル・ポトは多分、ベトナムの共産主義者との古い関係やカンプチア共産党内部の変化について多く語れただろうが、そうしたことはほとんど歴史家の興味を引くだけだった。

ポル・ポトの側近だったタ・モクが述べた弔辞は思いやりのないものだった。タ・モクはまず「ポル・ポトが亡くなったのはよいことです。(…)彼はベトナムの手先でした。

わたしはその証拠をもっています」と言ってのけた。次に「ポル・ポトは熟れすぎたパパイヤのように落ちていきました。(…)権力も権利も失い、水牛のフン同然に。水牛のフンだって彼よりは役に立ちます。肥料になるのですから」と続けた。プノンペンが彼の手に落ちたのと同じ日、ポル・ポトの遺体は葬儀もなしに古タイヤと板を積んだ上で焼かれた。ポル・ポトの妻はその後まもなく彼の最後の秘書兼通訳のテプ・クナルと再婚した。クナル氏は、いまや裕福な実業家となり、フン・セン率いる党の重鎮であり、マライ地区行政総督である。クメール・ルージュ最後の一派は一九九八年一二月四日に投降した。タ・モクは一九九九年三月にタイ人によって警察に売りわたされ、二〇〇六年七月にプノンペンで拘留されたまま死亡した。ポル・ポトの遺灰は、カンボジアの地を汚しているのか、魚の餌になったのか、定かではない。

ジャン＝ルイ・マルゴラン

〈原注〉

(1)　クメール人はカンボジア人の人口のおよそ八〇パーセントを占め、クメール語はカンボジアの公用語であり、国教である上座部仏教を信仰している。
(2)　二〇一一年末、この地を訪れたＣＮＲＳ（フランス国立科学研究センター）の人類学者、アンヌ・ギユの報告による。
(3)　フランス人が Cambodge（カンボジュ）と表記したこの国の古い名称で、一九七五年から一九八九年まで正式な国名となった。
(4)　「クメール・ルージュ」という蔑称は、一九六七年に当時カンボジア国家元首だったシハヌークが左翼ゲリラにつけたよび名である。
(5)　これはおおよその数字であり、現在のところ正確な統計は不明のようである。二〇〇万人以上という説もある。
(6)　東南アジア諸国連合の加盟国は当時、インドネシア、タイ、フィリピン、マレーシア、シンガポールだった。

〈**参考文献**〉

David P. Chandler, *Pol Pot, Frère Numéro Un*, Paris, Plon, 1993.（デービット・P・チャンドラー『ポル・ポト伝』、山田寛訳、めこん、一九九四年）
Francis Deron, *Le Procès des Khmers rouges. Trente ans d'enquête sur le génocide du Cambodge*, Paris, Gallimard, 2009.

Thet Sambath et Adam Piore, «The Final Chapter : The Veil of Secrecy is Lifting On the Last Days of the Khmer Rouge», *The Cambodia Daily Week-End*, 8–9 avril 2000.

Philip Short, *Pol Pot, anatomie d'un cauchemar*, Paris, Denoël, 2007.

Nate Thayer, «Dying Breath : the Inside Story of Pol Pot's Last Days and the Desintegration of the Movement He Created», *Far Eastern Economic Review*, 30 avril 1998.

http://natethayer.typepad.com/blog/pol-pot-interview/

http://natethayer.typepad.com/blog/2011/11/the-night-pol-potdied-from-the-jungles-of-northern-cambodia-by-nate-thayer.html

http://www.youtube.com/watch ?v=BQMyX80jCF8

http://www.youtube.com/watch ?v=3qhgmfnRJio

イラン革命によって失脚したシャー・モハンマド・レザー・パフラヴィー（パフラヴィー2世）は1979年1月16日、亡命に追いこまれた。エジプトへ発つ前、最後の臣下からあいさつを受けた。

12 パフラヴィー二世、最後の皇帝《シャー》

ペルセポリスで豪奢をきわめた祭典を催し、繁栄を誇示してから七年後、「(イランの建国者) キュロスの再来」とまでいわれたパフラヴィー二世は、シーア派の最高指導者ホメイニ師の導くイスラム革命によって亡命に追いこまれた。

一九七九年一月一六日、テヘランのメヘラーバード空港。パフラヴィー二世と妻ファラフはエジプトのアスワン行き飛行機に乗りこもうとしていた。子どもたちはすでに皆アメリカに行っていた。数々の外遊で歓迎を受け、欧米諸国の首都で厚遇されてきた皇帝夫妻が、祖国を永久に離れようとしていた。イランを代表してきた夫妻に、もはや亡命しか道はなかった。パフラヴィー二世は、イスラム原理主義を掲げるシーア派がくわだてたイスラム革命によって失脚した。いよいよイランの地に別れを告げようとしたとき、一人の兵士が意を決して彼の足に接吻した。近代的であると同時に古代ペルシアの栄光を背負うイランを繁栄させるため、パフラヴィー二世は力をつくしてきたのだ。その皇帝に対する、象徴的で思いきった東洋式のふるまいだった。「一九七九年一月のこの朝のことを思い出すと、悲しみで胸がつぶれる思いがする」と妻ファラフは『追想録』に書いている。「重苦しい沈黙がテヘランを襲った。この何か月、砲火と流血にみまわれたわが首都が急に息をひそめた。火のついた家からすぐに出ていけと言われたかのようだった」

パフラヴィー二世は三年前から血液の癌に侵され、病状は重かった。フランスの権威で白血病の専門家ジャン・ベルナール教授に診断と治療を受けていた。パフラヴィー二世は長いあいだ妻に病気のことを伏せていた。政情が不安定になり民衆の要求が高まるなか、ただひどく疲れているとしか彼は口にしなかった。過去に権勢をふるい、いまや恨まれる身となった専制君主とその三番目の妻をだれが歓迎しようか。ただ一人の国家元首がそれをかって出た。エジプト大統領アンワル＝サダトである。サダトの度量の大きさがあっての申し出だったが、彼自身もイスラム過激派をおそれていたのだろう。なにか理由があると思われた。しかし、アスワンには数日滞在するだけに終わり、元「王のなかの王《シャーハンシャー》」パフラヴィー二世は、治療のためという名目で、諸国をはてしなくさ迷うことになったのである。だがイランの同盟国のはずの国々はいい顔をせず、急に見てみぬふりで沈黙を守った。

なぜこのような、見すてるに等しい拒絶反応をパフラヴィー二世は受けたのか。彼は二〇世紀終盤の風潮にそぐわない独裁政権を打ち立て、石油という授かり物をドル箱に欧米に接近し、あえてペルシアの伝統をくつがえそうとした。宗教的権威者から見ればパフラヴィー二世はまさしく独裁者であり、個人崇拝もはなはだしく、アメリカとの妥協は恥ずべきことだった。そしておそるべき秘密警察のサヴァクは反対派をむざむざと抹殺した。あらゆる犯罪はアラーの名のもとに罰せられねばならないとされた。出し抜かれた欧米はいくつかの未知の言葉を知ることになる。一九七八年末のヨーロッパ、とくにフランスで、アヤトラ（シーア派の最高指導者）がどのような存在か、きちんと知っている者はほとんどいなかった。

正確にいえば、一九七九年よりはるか前、前皇帝レザー・シャーはすでに亡命を経験していた。レザー・シャーが政権の座についたのは、一八世紀に『ペルシア人の手紙』を書いたモンテスキューがわが意を得たりと皮肉な笑いを浮かべそうな複雑な状況下であった。『ペルシア人の手紙』は、宮廷での政争に疲れたペルシア人がフランスに来て故国に手紙を書き送るという、奇をてらった書簡体の小説である。将来の皇帝《シャー》、息子のモハンマド・レザー（パフラヴィー二世）は一九一九年一〇月二六日に生まれた。一九四一年夏、父レザー・シャーは第二次世界大戦の当事国に対して現実味のない中立を保つことに失敗し、急速にヒトラー率いるドイツに傾斜した。イギリスとソヴィエトは石油資源を確保するためイランに侵攻した。レザー・シャーは一八七八年生まれで、カージャール朝を廃止してパフラヴィー朝を創設した初代皇帝だったが、イギリスとソヴィエトの圧力を受けて退位した。イギリスとソヴィエトは同じ連合国でありながら、石油の獲得競争をくりひろげていた。レザー・シャーは亡命先の南アフリカで死去した。彼は欧米化を進めた改革派イスラム教徒であり、ムスタファ・ケマル・アタテュルクを範とした。一九三五年三月二一日、レザー・シャーはペルシアからイランに国名をあらためため、女性のチャドル着用を禁止し、男性がヨーロッパ風の服を着るよう強制した。長いあいだ読み書きができなかったレザー・シャーがパフラヴィーという名前を選んだのは、それがパルティア王国の言語と文字を意味し、強力な象徴となるからだった。パルティア王国は紀元前三世紀から紀元後三世紀まで、すなわちイスラムに征服される遙か昔、六〇〇年にわたってペルシアを支配した。このことは重要だった。イスラム化されたイランは、パフラヴィー朝がマホメット以前のペルシアに敬意を表すること、すなわちイスラムの否定とあいいれないからである。この一見矛盾した状況下でレザー・シャーが均衡を保とうとしたことがわかるのである。彼は古いペルシアと新しいイランを体現しようとした。創設してまもないパフラヴィー朝は、対立概念の統合という困難を引き受けることによって、威信を保たねばならなかった。

一九四一年九月一六日、二一歳の息子パフラヴィー二世は、イランの領土を占領した強大国の支持を得て皇帝に即位した。パフラヴィー二世はわずかに民主主義的要素を導入しながらも、父の行なった改革を受け継いだ。第二次世界大戦が終結するとイギリスとソヴィエトは撤退したが、あいかわらず石油権益をめぐってアメリカの圧力は強くなった。つねにイランは石油なのだ。外国資本にあてられた石油利権の設定は、ますます問題視されるようになっており、国有化の構想によってくずれるおそれがでてきた。さらにパフラヴィー二世はソヴィエトとつながりの濃いトゥーデ党（イラン共産党）の勢力とも対決しなければならなかった。一九四九年二月四日、テヘラン大学で、トゥーデ党のメンバーがパフラヴィー二世を襲撃し、未遂に終わったことをきっかけに、この党は非合法化された。パフラヴィー二世はこの事件によって人気を回復した。

一九五〇年、パフラヴィー二世は議会を押さえつけて皇帝の特権を強めたが、民族主義者モサッデグの台頭を防ぐことはできなかった。一八八一年生まれのモサッデグは高級官僚をへて一九二一年から数回閣僚をつとめた。モサッデグもまたムスタファ＝ケマルが建設したトルコ共和国を崇拝し、一九四一年まで何度か投獄されていた。モサッデグは国民戦線の指導者だった。国民戦線はイランが外国の利権に隷属することに断固反対し、イランの自立的発展を推進しようとした。国会議員となったモサッデグは、一九四六年、さらに一九四九年、とくにソヴィエトに対する石油利権の新たな移譲の許可に反対した。アメリカがイランの軍備増強を支援していたこともあり、ソヴィエトはいっそうこの反対に不快感を表した。

一九五一年二月一二日、パフラヴィー二世は、駐独イラン大使の父とドイツ人の母をもつ貴族の娘ソラヤー・エスファンディヤーリー・バフティヤーリーと再婚した。このカップルはゴシップ雑誌の格好の材料となった。最初の妻、エジプト国王ファード一世の娘ファウズィーとのあいだには娘シャフナーズが生まれていた。まったくの政略結婚だったせいかファウズィーはカイロに戻ると言いはじめ、一九四八年に離婚が成立した。

再婚から一か月後の三月一五日、一九〇九年以来イランの石油利権を独占していたアングロ＝イラニアン石油会社の国有化計画を後押しするため、イラン人の石油労働者がストライキを起こした。四月二九日、議会はモサッデグを首相に選んだ。モサッデグは非合法化された共産党からも支持を得て、石油産業の国有化を可決することに成功した。朝鮮戦争勃発以来、エネルギー源の調達に不安をいだいていたイギリスはこれに激しく抗議した。最初の頃、パフラヴィー二世とモサッデグの勝負は、反英感情が味方し、モサッデグが優勢に思われた。しかし、イギリスは世界の石油会社に働きかけてイラン石油のボイコットを行ない、減産に追いこまれたイランの経済は悪化したため、一部の軍部、大土地所有者、北米の取引先はモサッデグと対立した。モサッデグはそれに対し、パフラヴィー二世の退位を迫った。パフラヴィー二世は命の危険を感じ、一九五三年八月一六日にバグダード経由でローマへとのがれた。

最初の亡命は、なんと三日間で終わった。八月一九日、反モサッデグの軍事クーデターが起こり、パフラヴィー二世は復位した。アメリカのCIAがイギリスと結託して「エイジャックス」なる策略を練り、ザヘディー将軍はパフラヴィー二世に全権をゆだねられ、それを主導した。失脚したモサッデグは逃亡しようとしたが、一九五六年まで投獄され、その後自宅軟禁となり、そのまま一九六七年テヘランで亡くなった。一九五八年三月一四日、パフラヴィー二世と妻ソラヤーは離婚の意志を表明した。ソラヤーは不妊症のため離縁された。「悲しいプリンセス」の不幸な結末は雑誌の一面を飾った。

協定により、それまで国際石油合弁会社（コンソーシアム）にあたえられていた石油開発地域の二五パーセントが国営会社に割りあてられたにせよ、一九五九年から一九六七年にかけ、パフラヴィー二世はイランにおける欧米の権益を断固として守る覚悟だった。産業の近代化は大幅に進められていたが、経済状況は依然として不安定だった。イスラム教徒の考え方によれば、パフラヴィー二世が押しつけた変革はアメリカへの依存を強め、ますます強制的になった。実際、反体制派は国家情報治安機構であるおそるべきサヴァクによって沈黙を強いられていた。

パフラヴィー二世の後継者問題は、男子が生まれないゆえかたづいていなかった。パフラヴィー二世は二一歳のイラン女性、ファラフ・ディーバと三度目の結婚をした。ファラフはパリで建築を学んだ。アゼルバイジャンの大土地所有者で、一五世紀までさかのぼる旧家の出だった。ファラフの祖父は外交官で、父ソラブ・ディーバはたいへんなフランスびいきでサン＝シール陸軍士官学校に通った最初のペルシア人の一人だった。テヘランのキリスト教系の学校を卒業したにもかかわらず、ファラフはイスラム教徒の強い絆をまったく否定せず、誇りにしていた。「父をとおして、わたしはサイイド（預言者の子孫）の家系に属しているのです。預言者ムハンマドの孫、つまりムハンマドの娘と、わたしたちシーア派にとってムハンマドの正当な後継者であるイマーム・アリーのあいだに生まれた息子たちを通じて、わたしはムハンマドの子孫なのです」

結婚式は一九五九年一二月二一日に行なわれた。彼女を選んだ理由を記者から聞かれたパフラヴィー二世は答えた。「ディーバ嬢を妻にしたのは、政治的あるいは生物学的理由ではありません。ただ、彼女を愛しているからです。現代的で愛国心のある強い女性を代表し、心待ちにしている男児をわたしにあたえ、皇后の役割を立派に果たしてくれると思ったからこそ、何十人の候補のなかから彼女を選んだのです」

一九六〇年一〇月三一日の昼近く、ファラフはパフラヴィー二世とイランのために待望の世継ぎを産み、一二一発の祝砲が放たれた。パフラヴィー二世は深紅のロールスロイスのハンドルをみずからにぎり、妻を病院につれていった。男児誕生が告げられると、民衆は歓喜の声を上げ、大騒ぎになった。パフラヴィー二世は父の墓前に報告し黙禱を捧げに行こうとして、混雑する産院の周辺から脱け出すのに一時間以上かかった。

一九六三年、国民投票に続き、パフラヴィー二世は「白色革命」を開始した。土地の再配分をふくむ根本的な農地改革、教育の振興や婦人参政権の導入などの女性解放を一挙に行なった。大胆で新しい近代化の試みは伝統主義者の階層には不評であり、パフラヴィー二世は長い歴史をもつ国家の社会的、経済的基盤をくつがえしたと非難された。専断的なこの政策は思いきったものだったが、教育を受けた自由主義的中産階級が形成されることになり、シーア派聖職者や、皇帝から見れば旧弊な伝統にこだわる人々から批判を受け、最貧困層の反発をまねいた。イランの「現代」世界への接近に対し、反体制派は団結して抵抗した。六月、三〇名の宗教指導者が国家の安全に対する陰謀を告発され、逮捕された。そのなかに、アヤトラ（シーア派指導者）ホメイニがいた。当時欧米で彼の名を知る者はいなかった。保安局長パクラヴァン将軍によれば、ホメイニ師はシーア派イマーム（最高指導者）に指名されることをめざしているとされた。ホメイニ師らの逮捕に対し、イスラム聖職者や過激派が抗議した。テヘランのバザールから生じた暴動は公的建造物への襲撃、チャドルを着用しない女性たちへの暴行、そのうちの三人の殺害へとエスカレートした。シーア派の聖地ゴム、シーラーズ、メシェド、タブリーズでも同じような騒動が起きた。戒厳令が敷かれ、騒然とした都市を軍隊が警備し、流血の弾圧が行なわれ、無数の死者が出た。同時に、パフラヴィー二世と妻はテヘランを離れ、サーダーバード離宮に向かった。

一九六七年一〇月二六日。テヘランのゴレスターン宮殿で戴冠式が行なわれ、パフラヴィー二世の権勢は絶頂期を迎えた。テヘランでは古代ペルシア皇帝の繁栄もかくやと思われた。父レザー・シャーの即位から四一年、父の後を継いでから二六年後のこの日、パフラヴィー二世はナポレオンのように、シャーハンシャー・アーリヤーメヘル（王のなかの王、アーリア人の栄光）としてみずから帝位につき、妻にはイスラム社会で用いられたことのないシャバヌ（皇后）の尊称をあたえた。宮殿では、将校たちがパフラヴィー二世にナーディルの勲章、帝冠、戴冠式のマント、王杖を差し出した。パフラヴィー二世と妻は豪華絢爛たる二つの冠を頭にのせた。「陛下から冠をのせていただいたとき、わたしはイランのすべての女性に戴冠してくださっているような気がしました」とファラフは『追想録』に書いている。この儀式は六四一年からの伝統にのっとった、非常に盛大なものだった。祝いの行列はゴレスターン宮殿から皇帝夫妻を先導した。七キロにわたって一五〇〇〇人の兵士が表敬の列を作った。式典用の車は五〇万新フランもした。儀式が終わると、パフラヴィー二世は短い演説を行ない、国中で七日間の祝日を設けるよう命じた。政治犯をふくめて全般的な大赦の令がくだった。皇帝一家の写真がいたるところに掲示された。国内の問題は鎮静化しているかに思われた。パフラヴィー二世が東西の強大国を相手にバランスを保とうと努めているお蔭で、問題は隠れていた。アメリカがイランの重要な同盟国でありつづけているにもかかわらず、パフラヴィー二世はソ連に接近した。三度（一九六五年、一九六七年、一九六八年）もロシアを訪問し、一九七〇年一〇月二八日には世界最長のガスパイプラインの開通をソ連のニコライ・ポドゴルヌイとともに達成した。同様に、パフラヴィー二世は中国をたびたび訪問し、皇后による使節団も北京で使命を果たし、イランと中国の関係は一九七〇年に正常化された。

しかし、人々の記憶にいつまでも残っているのは、一九七一年一〇月一二日のことだ。アレクサンドロス大王を幻惑し（いらだたせた）首都、ペルセポリスの壮大な遺跡の真ん中で、パフラヴィー二世夫妻は建国二五〇〇年を祝う豪華絢爛たる祭典を催した。フランス人の手による音と光の演出が賓客の目を楽しませた。まさにパフラヴィー朝の栄華のきわみだった。パフラヴィー二世は古代ペルシアの王の後継者をもって自任するようになり、イスラム暦を廃止し、帝国暦を採用した。二〇世紀後半のイランはふたたび、キュロス大王とアケメネス朝のペルシアに回帰した。皇帝はふたたび、イスラム以前の過去に敬意を表した。この祝賀行事の浪費ぶりだけでなく、七世紀からイスラム化したイランの精神的基盤をますますおおい隠そうとしていることに、イランの民衆は反感をいだいた。パフラヴィー二世はなおも欧米諸国への働きかけを続けた。一九七五年二月七日、スイスのサン＝モリッツでヴァレリー・ジスカール・デスタン大統領と会談したことなどは知られているが、一九七六年一〇月一九日、ドイツのクルップ社の株の二五パーセントを買いつけ、拒否権を得たことなど、伏せられた事実もあった。

一九七七年から、五八歳のパフラヴィー二世は重病に侵されていることを自覚していたが、その一方内政状況は悪化していた。皇帝の支配がますます強圧的になり、産業改革が頓挫あるいは停滞すると、イスラム教徒や共産主義者がパフラヴィー二世に対抗して立ち上がり、帝政への恨みを通じて団結した。この二重の反対派について、パフラヴィー二世は昔から承知していて、自然に反する結びつきだといい、「赤と黒の神聖ではない結合」とよんだ。イスラム教徒と共産主義者の結託に不安をつのらせたファラフは、あれやこれやと理由をつけて掲示されていた夫妻の肖像画を撤去させようとした。政権の私物化は挑発と受けとられ、それでももっとも痛い目にあったのは夫妻だった。サヴァクによる権力の乱用は憎しみの連鎖を生み、欧米諸国はイランへの熱意を失った。また、一九七三年の石油危機の結果行なわれた交渉において、パフラヴィー二世が強硬な姿勢をくずさないことを欧米諸国は非難した。原油価格の高騰とオイルマネーの大量流入は、政府に利益をもたらし、台頭しつつあった中産階級にまで恩恵がおよんだが、その反動で反体制派の不満は大きくなった。さらに、農村人口の大量流出によって都会の貧困地区が拡大した。一九七五年から、石油の輸出量が減少したため、政府は社会政策的措置を減らさざるをえなくなる一方、軍事費は増加した。

一九七八年八月五日、政情の混乱を鎮めるため、パフラヴィー二世は自由化推進を約束したが、風俗の近代化に批判的なシーア派の保守主義者らは反感をいだいた。一九七八年九月八日、軍が反乱者に発砲した。この「黒い金曜日」事件があってから、皇帝はいっさいの正当性を失ったように国民の目に映った。参謀部の将軍が何人か離反し、軍部の支持を失ったパフラヴィー二世は退位を想定せざるをえなくなった。一〇月、ストライキによって国の機能は麻痺し石油輸出がとどこおったため、経済危機におちいった。一二月、パフラヴィー二世は最後の一手として宗教的に中立な自由主義者、シャープール・バフティヤールを首相に任命することを承諾した。バフティヤールは君主パフラヴィー二世への忠誠心を事あるごとに示しながらも、自由の欠如を指摘し、急激に広がった腐敗を糾弾した。じつはシャープール・バフティヤールにはなんの力もなかった。アメリカとイギリスの大使たちがパフラヴィー二世に、人心の動揺を鎮めるためとりあえずイランを離れるよう説得した。デモと暴動が止む気配がないのを見てとった満身創痍のパフラヴィー二世は出国の決意を固めた。皇帝の国外脱出に人々の興奮は止まるところを知らなかった。「『この野郎、降りろ！』という叫び声とともに、最後まで残っていた現皇帝と前皇帝の像が引きずり下ろされ、地面にたたきつけられた。紙幣に刷られた皇帝の顔は引き裂かれた」と「レクスプレス」特派員クリスティアン・オッシュは報告した。

アスワンにわずかながら滞在した後、パフラヴィー二世夫妻はモロッコに移った。イランはストライキのため国の機能が停止状態だった。野放しになった民衆は列をなして行進し、自由を叫び、古来の君主制を口々にののしった。欧米の航空会社の事務所も略奪されたが、エールフランスだけはぶじだった。トルコとイラクに亡命した後、ヴァレリー・ジスカール・デスタン政府に受け入れられたアヤトッラー・ホメイニ師がフランスのノーフル＝ル＝シャトーにいたからである。とはいえ、石油生産の激減によって一リットルあたりの価格が一三フランまで上昇した。

一九七九年一月二二日、ホメイニ師はテヘランに帰る前からすでにイランの新しい権力を体現していた。数週間前から、ノーフル＝ル＝シャトーでホメイニ師が録音した説教のカセットが人々に配布されていた。イラン革命は、無数にダビングされた小さな磁気テープが活躍し、議論と活気をもたらし、国外からもちこまれた最初の革命だった。律法学者《ムッラー》に率いられた群衆は、「シャーに死を」と一語一語区切りながら叫び、テヘランの町を練り歩いた。消極的で共謀すらいとわない欧米諸国はもはやイラン・イスラム共和国を承認するかまえだった。二月一日、エールフランスの厚意によるチャーター機で凱旋帰国したホメイニ師は、憤然として大義を正し、徹底しようとした。銃殺された者の一覧が連日報道された。秘密警察長官《サヴァク》はまっさきに処刑された。サヴァクの一部のメンバーが新政権のために一役かい、前と同じように拷問を行なったことは記しておきたい。一九七九年、ホメイニ派による政権はイランを狂信におとしいれた。ホメイニ師のある側近によると「血が流されることが必要なのだ。イランが血を流せば流すほど、革命の目標達成は早まるのだから」。一二月一五日、メキシコへの入国を認められなかったパフラヴィー二世はアメリカからパナマに向かった。一九八〇年三月二三日、パフラヴィー二世はエジプトに向けてふたたび出発した。サダト大統領は世界に新たな記憶すべき教訓をあたえた。ペルシアの大王ダレイオスの元「後継者」は、カイロのマーディ病院で治療を受け、一九八〇年七月二七日に亡くなった。息を引きとる前、息子に「国民によりそうように」と忠告をあたえたという。

ジャン・デ・カール

〈**参考文献**〉

Abol-Hassan Bani Sadr, *L'Espérance trahie*, Paris, SPAG Papyrus, 1982.
Gérard Heuzé, *Iran au fil des jours*, Paris, L'Harmattan, 1990.
Vincent Hugeux, *Iran, l'état d'alerte*, Paris, éditions L'Express, 2010 (chapitre: «Il était une fois la Révolution»).
Farah Pahlavi, *Mémoires*, Paris, XO Editions, 2003.
Yann Richard, *L'Iran, naissance d'une république islamiste*, Paris, La Martinière, 2006.

執筆者一覧

ベネディクト・ヴェルジェ＝シェニョン（第3章）
パリ政治学院卒、歴史学博士。

エマニュエル・エシュト（第1・13章）
レクスプレス書籍部編集長。

マリオン・ギュイヨンヴァルシュ（第18章）
レクスプレス・ルーマニア特派員。

アクセル・ギルデン（第17章）
レクスプレス国際部シニア報道記者。

ローラン・グレイルザメル（第10章）
ジャーナリスト。ル・モンドシニア報道記者および副編集長。

クロード・ケテル（第9章）
歴史家、CNRS（フランス国立科学センター）名誉主任研究員、カーン記念館元館長。第二次世界大戦にかんする著書多数。

フィリップ・コント（第15章）
パリ第一大学現代ロシア言語・文明会議座長。フランス・ロシア学者協会会長。

ピエール・ジュルヌ（第6章）
歴史学博士、ベトナムをはじめとする東南アジア専門。IRSEM（フランス軍事学校戦略研究所）研究員。

パスカル・ソー（第8章）
レクスプレス調査部副編集長。

ジャン・デ・カール（第12章）
ヨーロッパのおもな王朝とその代表的人物をめぐる歴史が専門。

クリスティアン・デストルモ（第16章）
諜報活動・中東問題専門家。ルイ・マシニョン（フランスの著名な東洋学者）の伝記を共著で出し、アカデミー・フランセーズ伝記大賞を受賞。

ディアンヌ・デュクレ（第24章）
ソルボンヌで哲学修士号取得。テレビの文化ドキュメンタリー作品の制作にたずさわり、歴史番組で司会者をつとめる。*Femmes de dictateur, Femmes de dictateur 2*（ペラン社）はベストセラーになった（ディアンヌ・デュクレ『女と独裁者――愛欲と権力の世界史』、神田順子監訳、清水珠代・山川洋子・ベリャコワ・エレーナ・濱田英作訳、柏書房、二〇一二年）。

グザヴィエ・ド・マルシ（第5章）
出版業を営むかたわらラジオ・テレビで担当記者をつとめる。パリでコントルタン書店を経営。

ジャン＝クリストフ・ビュイッソン（第14章）
バルカン・スラヴ世界を専門とする。フィガロ・マガジン文化部編集長。

フィリップ・ブルサール（第19章）
レクスプレス調査部編集長。

ジャン＝ポール・ブレド（第2章）
パリ第四大学名誉教授、ドイツ史専門家。

エリク・ペルティエ（第18章）
レクスプレス調査部シニア報道記者。

ジャン＝ルイ・マルゴラン（第11章）
高等師範学校卒業。歴史科上級教員資格者《アグレジェ》。エクス＝マルセイユ大学、マルセイユアジア研究所に勤務。

ヴァンサン・ユジュ（第7・21・23章）
レクスプレス国際部シニア報道記者。

ドミニク・ラガルド（第22章）
レクスプレス国際部シニア報道記者。

ジャン＝ピエール・ランジュリエ（第20章）
フィガロのアジア地域レポーターをへて、ル・モンドに記者として三五年間勤務。ル・モンドのナイロビ、エルサレム、ロンドン、リオデジャネイロ特派員となり、同社国際部長、編集長をつとめている。

ティエリー・レンツ（第4章）
ナポレオン財団理事長。高い評価を得た多数の著書により、第一帝政に精通した専門家として知られている。

◆編者略歴◆
ディアンヌ・デュクレ（Diane Ducret）
ソルボンヌで哲学修士号取得。テレビの文化ドキュメンタリー作品の制作にたずさわり、歴史番組で司会者をつとめる。*Femmes de dictateur, Femmes de dictateur 2*（ペラン社）はベストセラーになった（ディアンヌ・デュクレ『女と独裁者――愛欲と権力の世界史』、神田順子監訳、清水珠代・山川洋子・ベリャコワ・エレーナ・濱田英作訳、柏書房、2012年）。

エマニュエル・エシュト（Emmanuel Hecht）
レクスプレス書籍部編集長。

◆訳者略歴◆
清水珠代（しみず・たまよ）
『独裁者の子どもたち――スターリン、毛沢東からムバーラクまで』（原書房）、フレデリック・ルノワール『生きかたに迷った人への20章』（柏書房）、共訳書に、ヴィリジル・タナズ『チェーホフ』（祥伝社）、フレデリック・ルノワール『ソクラテス・イエス・ブッダ――三賢人の言葉、そして生涯』（柏書房）、ディアンヌ・デュクレ『女と独裁者――愛欲と権力の世界史』（柏書房）などがある。

独裁者《どくさいしゃ》たちの最期《さいご》の日々《ひび》
上

●

2017年3月15日　第1刷

編者………ディアンヌ・デュクレ
　　　　エマニュエル・エシュト
訳者………清水珠代《しみずたまよ》
装幀………川島進デザイン室
本文組版・印刷………株式会社ディグ
カバー印刷………株式会社明光社
製本………東京美術紙工協業組合
発行者………成瀬雅人

発行所………株式会社原書房
〒160-0022　東京都新宿区新宿1-25-13
電話・代表 03(3354)0685
http://www.harashobo.co.jp
振替・00150-6-151594
ISBN978-4-562-05377-3